信不信由你，一週開口說義大利語

Italiano

新版

林玉緒 著
繽紛外語編輯小組 總策劃

作者序

回歸到義大利語最基礎的幾個重點，
把你帶到另一個美麗境界！

在我前往義大利讀書之前，我從未碰觸過義大利語。當我走進位在中部貝魯佳的外國人大學十八世紀的宮殿去上第一堂語言課程時，老師直接用義大利語教學，劈哩啪啦如連珠砲似地講解、舉例……我完全如鴨子聽雷般，甚至連他講到哪裡也搞不清楚，只覺得這個語文滴滴答答地很響，其餘的一概無感。不過這種以我所要學習的外國語言當成「母語」來教課，效果卻也不拐彎抹角，因為它把「用義大利語來思考」植入我的中樞神經，縮短了跨越某些說外語時經常會碰到的障礙所需的時間，不到一個禮拜的時間，我也能用這個全新的語言來應付日常生活的需要。

後來在義大利住了將近十年，這個語文慢慢滲透進我的血液裡，除了真正的母語「中文」之外，碰到很多情況，義大利語也自然而然地跑進我的腦海裡來「軋一腳」。其實語文最主要的目的是溝通，可是在你講它的同時，感覺也會進到這個文化更深的一個層面，這時的義大利語就不再只是一種外語而已，而是一種媒介，它會把你帶到另一個美麗境界！

希臘時代的語文學家把當時人們交談時使用的這些元素做邏輯式的歸納，根據各個單字的詞性而分門別類出主詞、動詞、名詞……，再加上時態、條件等等的規則，而訂立了文法。義大利語延續這種精神，也有它自己的一套模式，畢竟從拉丁文精煉了兩千多年，複雜難免，但它最主要的功能還是很單純，就是「溝通」！所以這本書我把它回歸到義大利語最基礎的幾個重點，只要掌握了基本精神，就能夠使用它來做簡單的對話，若將來還想做層面更廣、內容更深入的延伸，把握住這幾個點，學習起來就不是那麼困難了。

林玉緒

Azzurra.

如何用七天，開口說出漂亮的義大利語

對於不熟悉歐洲語系的人而言，義大利語既困難又麻煩。的確，相較於我們經常接觸的英語，義大利語的文法複雜得多，然而只要抓住幾個基本法則，其實簡單的對話就可朗朗上口。因此這本書的學習是針對完全沒接觸過義大利語的一般大眾，由簡擴繁，讓您能夠在一週的時間內，大膽地開口說義大利語！

第一天先認識義大利語的字母，包含了五個母音 A、E、I、O、U，以及十六個子音 B、C、D、F、G、H、L、M、N、P、Q、R、S、T、V、Z。

第二天再認識義大利語的特殊發音與外來字母，包含特殊發音 CHE、CHI、GHE、GHI、GLI、GN、SCE、SCI，以及外來字母 J、K、W、X、Y。

由於義大利語是拼音文字，首先要從認識它的字母讀音著手。義大利語的字母只有 21 個，而且全存在於英語的字母之中，所以對於我們來說，學習起來要方便很多。不使用音標來介紹字母的讀法，而是用中文的注音與嘴型的修飾來形容該字母的發音，如此是為了讓讀者更容易入門，不必多花精力去記憶外國音標的唸法，況且義大利語的字典也不太標示音標，全都用字母來標出單字的讀音，所以也可為將來的延伸閱讀打下基礎。

至於義大利語的變音字母也不多，除了 ch、gh、gl、sc 這些子音要依據後面連接的母音而改變發音以外，其餘的都一個音節、一個音節地拼出單字的唸法。所謂的音節，就是一個母音前後各搭配一至二個子音

而組成，而義大利語的音節最多只有三個子音連在一起，所以讀起來很響。因為單字的讀音由幾個音節結合而成，因此說起來答、答、答地⋯⋯非常適合用來唱歌劇！

第三天則介紹義大利語常用的字彙，每個單字後面皆有明確的讀音，是要讓初學者在看到一個陌生的義大利語單字時，可以根據第一天與第二天所學到的字母發音，自行拼出該單字的讀法。

第四天到第六天的內容是由點擴大成線，也就是把單字串成句子。在英語的句子裡面，有主詞、動詞、冠詞、形容詞、副詞與名詞，義大利語也是由這些元素所組成，只是它所有的詞性都有陰陽性與單複數之分，所以我們先從比較單純的冠詞、形容詞、名詞開始介紹它們的變化法則，然後再加入比較複雜的主詞與動詞，並將動詞做出規則與不規則變化的區分介紹，而每個動詞後面都會有簡單的例句練習，如此一來，大概就能夠抓住百分之七十的義大利語動詞變化的韻律。

最後一天則是擴及成面，也就是集前六天之大成，把學習到的單字與陰陽性、單複數、動詞變化⋯⋯全部運用到日常生活經常會碰到的場合之中，並在每場會話裡補充一些說明，或許是文法層面也或許是文化習慣，讓您一邊輕鬆學習、一邊走進更好玩的義大利！

林玉緒

Azzurra.

如何使用本書

Step 1 學習義大利語的字母、發音

運用本書的第一天到第二天,輕鬆學會義大利語字母。只要兩天,義大利語基本字母母音、子音、特殊發音、外來字母,聽、說、讀、寫一次學會!

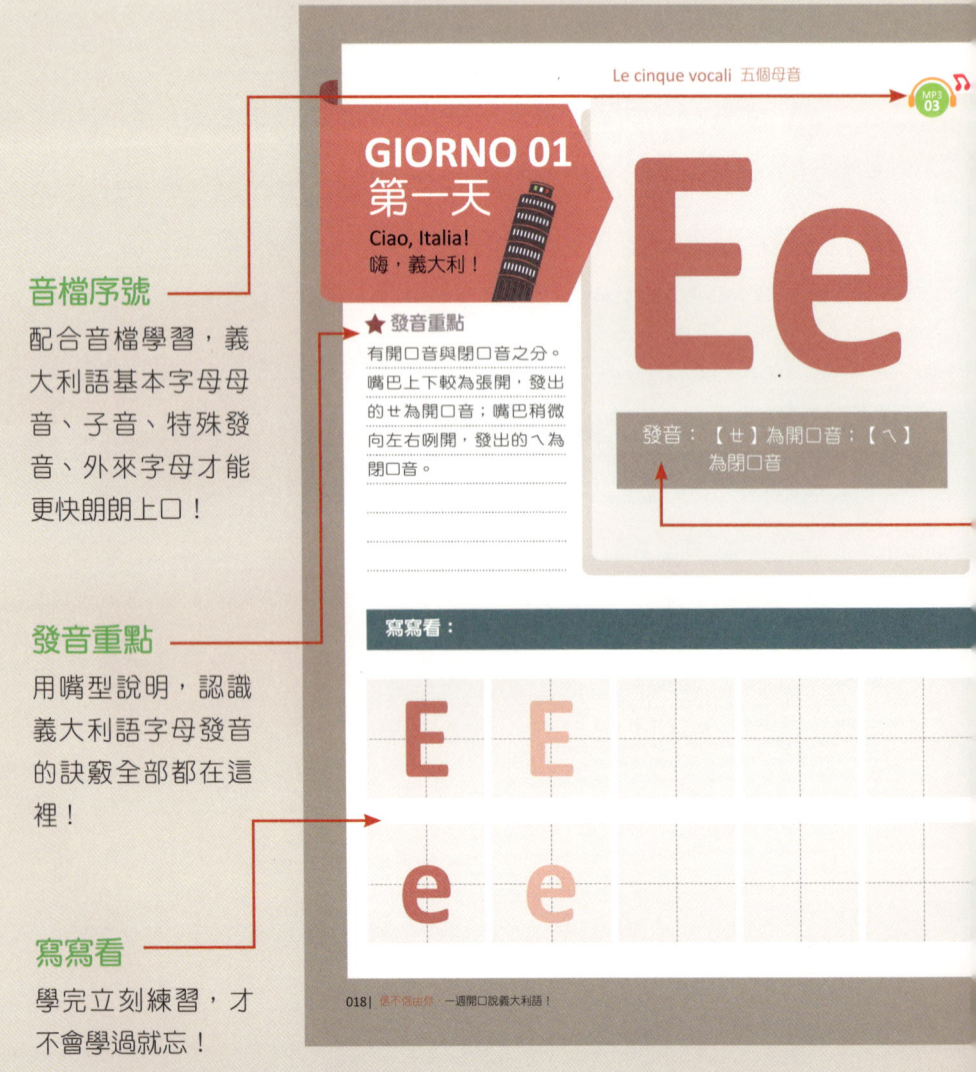

音檔序號
配合音檔學習,義大利語基本字母母音、子音、特殊發音、外來字母才能更快朗朗上口!

發音重點
用嘴型說明,認識義大利語字母發音的訣竅全部都在這裡!

寫寫看
學完立刻練習,才不會學過就忘!

不可不知的義大利

除了學習義大利語之外，也要了解義大利文化。義大利給人的印象是什麼？北義四座經典城市是哪些？以及誰是義大利的著名詩人？這裡全部告訴您！

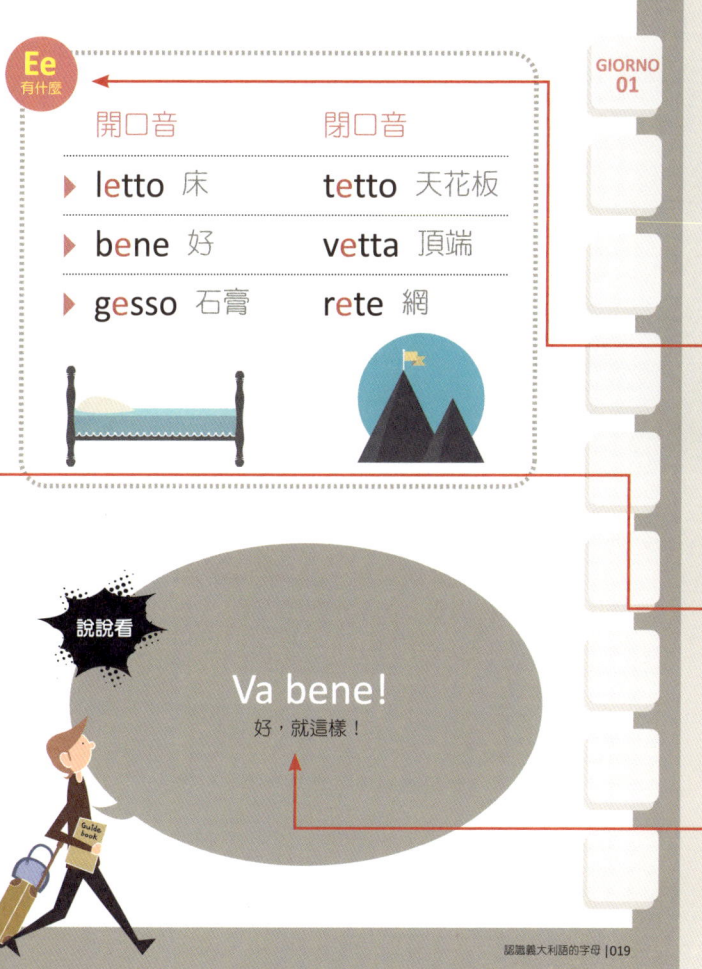

有什麼？
每學完一個基本字母，用相關單字輔助，立刻增加單字量！

發音
用注音符號輔助，輕鬆開口說義大利語！

說說看
馬上學，馬上說！只要學完一個基本字母，立即就能開口說義大利語！

如何使用本書

Step 2　學習義大利語的單字

接觸義大利語的第二步，就是學習日常生活中的實用單字。本書第三天列出五大類十六項的生活單字，基礎必學單字都在這！一邊練習發音，還能一邊累積單字量。

把這些「單字」記下來！
依照各種情況，精選最實用的相關單字，每個單字皆由義大利籍老師錄音，一慢一快，教您說出一口最標準的義大利語！

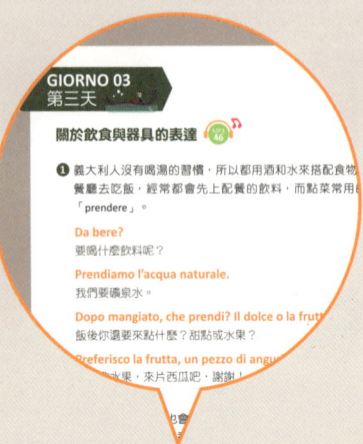

單元主題
配合五大類，認識必學的相關單字與句子！

諺語
一天一句，說出讓義大利人刮目相看的義大利語！

關於各類單字的表達
整理相關的單字重點，並依據主要單字，學習會用到的表達用法。義大利語基本實力，就在不知不覺中養成！

Step 3 學習義大利語的句子、會話

學習義大利語的第三步，開始要學會判別名詞、形容詞、冠詞的陰陽性與單複數，接著是記憶義大利語中最重要的動詞變化。第四天到第七天，由點連成線，再由線組合成面，只要跟著本書逐步學習單字、句子、會話，您會發現義大利語其實一點也不難！

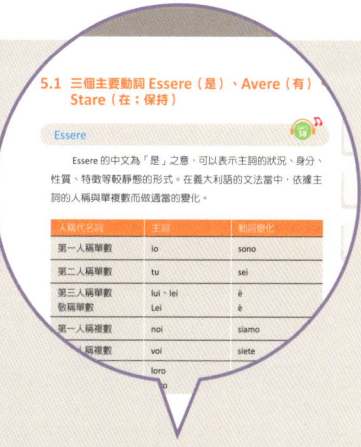

認識規則與不規則的動詞變化

不管是規則或不規則的動詞，根據主詞的不同，都會有六個變化。本書以表格列舉，讓您一看就懂！一學就會！

認識陰陽性與單複數

認識名詞、形容詞、冠詞的陰陽性與單複數，再組合成句子，打下良好的義大利語根基！

練習一下吧！

提供簡單的小測驗讓您現學現用，加深學習效果！

目次

P002 作者序
P004 本書學習特色
P006 如何使用本書

GIORNO 01
第一天 認識義大利語的字母

P016 五個母音 A、E、I、O、U
P026 十六個子音 B、C、D、F、G、H、L、M、N、P、Q、R、S、T、V、Z
P062 　不可不知的義大利　義大利印象之一

GIORNO 02
第二天 認識義大利語的特殊發音與外來字母

P064 特殊發音 CHE、CHI、GHE、GHI、GLI、GN、SCE、SCI
P080 外來字母 J、K、W、X、Y
P082 　不可不知的義大利　義大利印象之二

GIORNO 03
第三天 認識義大利語的單字

P086 3.1 關於數字與時間
P092 3.2 關於工作與身分

P097　3.3 關於飲食與器具
P101　3.4 關於旅遊與購物
P106　3.5 其他
P108　不可不知的義大利　促成義大利語誕生的詩人之一

GIORNO 04
第四天　認識義大利語的陰陽性與單複數

P111　4.1 名詞的陰陽性與單複數
P114　4.2 形容詞的陰陽性與單複數
P117　4.3 冠詞的陰陽性與單複數
P118　4.4 試著把冠詞、形容詞、名詞組合起來
P120　不可不知的義大利　促成義大利語誕生的詩人之二

GIORNO 05
第五天　認識義大利語的動詞

P123　5.1 三個主要動詞 Essere（是）、Avere（有）、Stare（在；保持）
P129　5.2 反身動詞 Chiamarsi（名叫）
P130　5.3 規則的動詞變化：原形動詞的結尾為 are、原形動詞的結尾為 ere、原形動詞的結尾為 ire
P140　不可不知的義大利　促成義大利語誕生的詩人之三

目次

GIORNO 06

第六天　認識義大利語的常用動詞

P142　6.1　Dovere（必須；應該）、Potere（能夠；可以）、
　　　　　　Volere（想要；願意）

P148　6.2　Bere（喝）、Dire（說）、Dare（給）、Fare（做）

P156　6.3　Andare（去）、Venire（來）

P160　不可不知的義大利　義大利人的生活態度之一

GIORNO 07

第七天　開始說義大利語

P162　‧彼此介紹　　　　　**P171**　‧購物

P165　‧打電話　　　　　　**P173**　‧搭火車

P167　‧碰面　　　　　　　**P175**　‧請問訊息

P169　‧點菜　　　　　　　**P177**　‧參加聚會

P178　不可不知的義大利　義大利人的生活態度之二

APPENDICE 附錄

P179　練習一下吧！解答

如何掃描QR Code下載音檔

1. 以手機內建的相機或是掃描 QR Code 的 App 掃描封面的 QR Code。
2. 點選「雲端硬碟」的連結之後，進入音檔清單畫面，接著點選畫面右上角的「三個點」。
3. 點選「新增至「已加星號」專區」一欄，星星即會變成黃色或黑色，代表加入成功。
4. 開啟電腦，打開您的「雲端硬碟」網頁，點選左側欄位的「已加星號」。
5. 選擇該音檔資料夾，點滑鼠右鍵，選擇「下載」，即可將音檔存入電腦。

Ciao, Italia!

嗨,義大利!

GIORNO 01
第一天
認識義大利語的字母

五個母音 A、E、I、O、U
十六個子音 B、C、D、F、G、H、L、M、N、P、Q、R、S、T、V、Z

GIORNO 01
第一天
Ciao, Italia!
嗨,義大利!

先了解義大利語字母的讀音

傳統的義大利語只有 21 個字母,寫法與英語完全一樣,但是唸法就有差別了。因為這 21 個字母在英語中全都存在,而且也沒有什麼特殊符號,所以相較於其他歐語,義大利語算是比較單純的拼音字母。不過有些字母的單獨發音與英語差異頗大,因此在學習義大利語之前,建議你還是先了解一下這 21 個字母的讀音。

右側所列的字母順序表,除了每個字母的大、小寫法之外,最後一欄是讀音,也就是該字母單獨存在時的唸法。你會發現讀音也是由 21 個字母組成,沒有所謂的音標,這是因為如此一來學習才會比較簡單,你不必去記憶音標的讀法,然後再拼出字母的讀音。也就是說,只要學會後面本書一一解說的每個字母的發音,你就可以拼出所有字母單獨存在時的讀法。例如「f」這個字母,單獨時就唸成「effe」。另外,義大利語的字典也不使用音標,在單字的後面經常都用字母來標示該字的讀音,因此這也是為你的義大利語延伸學習做準備。

至於何時會遇到要使用單獨字母的讀音呢?經常都是公司、政黨或某些機關的縮寫,當然還有要拼出一個單字的時候。

例如:「D.C.」為基督教民主黨的縮寫,讀法為「di–ci」。

「P.C.I.」為義大利共產黨的縮寫,讀法為「pi–ci–i」。

義大利語 21 個字母順序表

大寫	小寫	讀音
A	a	a
B	b	bi
C	c	ci
D	d	di
E	e	e
F	f	effe
G	g	gi
H	h	acca
I	i	i
L	l	elle
M	m	emme
N	n	enne
O	o	o
P	p	pi
Q	q	qu
R	r	erre
S	s	esse
T	t	ti
U	u	u
V	v	vu、vi
Z	z	zeta

Le cinque vocali 五個母音

GIORNO 01
第一天
Ciao, Italia!
嗨，義大利！

★ 發音重點

嘴巴張開，發出ㄚ的音。

Aa

發音：【ㄚ】

寫寫看：

Aa 有什麼

GIORNO 01

- adesso 現在
- amore 愛
- ape 蜜蜂
- aria 空氣
- arte 藝術
- azzurro 湛藍

說說看

Adesso andiamo!
我們現在走！

認識義大利語的字母 | 017

Le cinque vocali 五個母音

GIORNO 01
第一天
Ciao, Italia!
嗨，義大利！

★ 發音重點

有開口音與閉口音之分。嘴巴上下較為張開，發出的ㄝ為開口音；嘴巴稍微向左右咧開，發出的ㄟ為閉口音。

Ee

發音：【ㄝ】為開口音；【ㄟ】為閉口音

寫寫看：

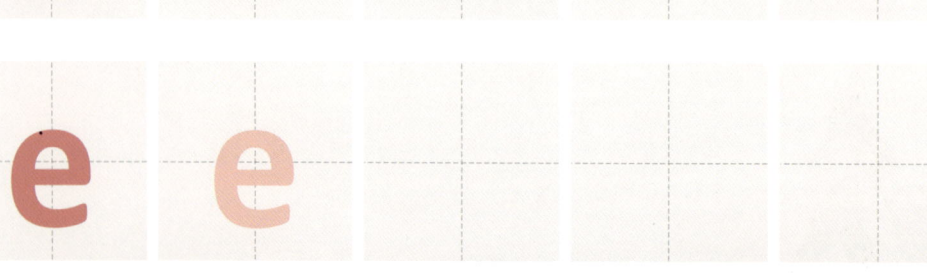

Ee 有什麼

GIORNO 01

開口音	閉口音
▸ l**e**tto 床	t**e**tto 天花板
▸ b**e**ne 好	v**e**tta 頂端
▸ g**e**sso 石膏	r**e**te 網

說說看

Va bene!
好,就這樣!

Le cinque vocali 五個母音

GIORNO 01
第一天
Ciao, Italia!
嗨，義大利！

★ 發音重點

嘴巴壓扁，嘴唇向左右拉開，發出ㄧ的音。

I i

發音：【ㄧ】

寫寫看：

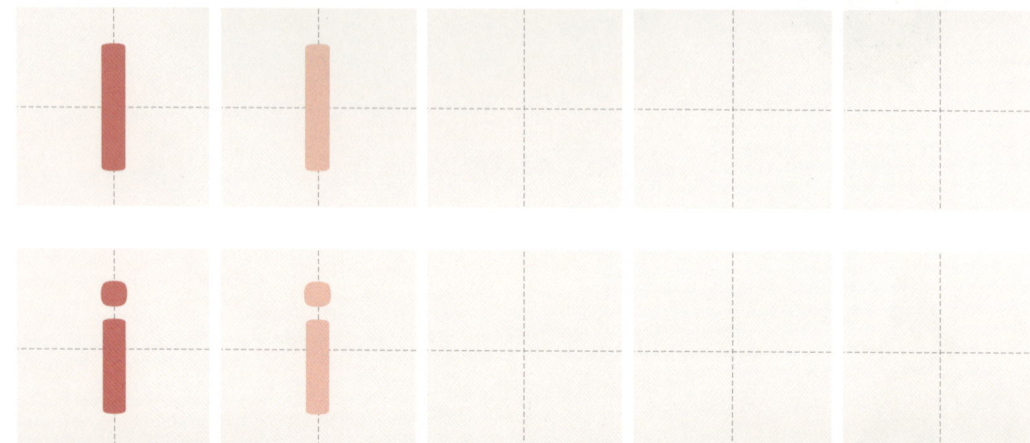

I i
有什麼

- idea 想法
- idiota 白癡
- imbarco 登船；登機
- inferno 地獄
- ipotesi 假設
- italiano 義大利人；義大利語

GIORNO 01

說說看

Tu sei italiano.
你是義大利人。

Le cinque vocali　五個母音

GIORNO 01
第一天
Ciao, Italia!
嗨，義大利！

Oo

發音：【ㄛ】為開口音；【ㄡ】為閉口音

★ 發音重點

有開口音與閉口音之分。口腔張開，嘴唇緊縮成圓形，發出較長的ㄛ為開口音；口腔張開的程度較小，嘴唇仍緊縮成圓形，發出較短的ㄡ為閉口音。

寫寫看：

Oo 有什麼

GIORNO 01

開口音	閉口音
▸ p**o**rta 門	s**o**tto 下面
▸ l**o**tta 戰鬥	m**o**tto 詼諧
▸ c**o**tto 煮熟	v**o**lo 飛行

說說看

La porta è aperta.
大門是開的。

認識義大利語的字母 | 023

Le cinque vocali 五個母音

GIORNO 01
第一天

Ciao, Italia!
嗨，義大利！

★ 發音重點

嘴唇向前緊縮成最小圓形，發出ㄨ的音。

發音：【ㄨ】

寫寫看：

Uu 有什麼

- uccello 鳥
- ufficio 辦公室
- ultimo 最後
- umore 心情
- unica 唯一
- uva 葡萄

GIORNO 01

說說看

Io sono all'ufficio.
我在辦公室。

Le sedici consonanti 十六個子音

GIORNO 01
第一天
Ciao, Italia!
嗨，義大利！

Bb

發音：【ㄅ】

★ 發音重點

嘴巴緊閉，用唇輕壓發出ㄅ的音。

寫寫看：

B　B

b　b

Bb 有什麼

- Bacco 酒神
- bacio 吻
- bambino 小男孩
- benzina 汽油
- bianco 白色
- borsa 手提包

GIORNO 01

說說看

La borsa è bianca.
這個手提包是白色的。

Le sedici consonanti 十六個子音

GIORNO 01
第一天
Ciao, Italia!
嗨，義大利！

Cc

★ **發音重點**
嘴巴張開，舌根稍微阻擋空氣，發出ㄎ的音。

發音：【ㄎ】，當後面接的是 a、或 o、或 u 這三個母音時。

寫寫看：

C C

C C

Cc 有什麼 ＋ a、o、u

- casa 家
- cabina 室；艙
- colore 顏色
- comando 命令
- cuoco 廚師
- cura 照顧

GIORNO 01

說說看

Che colore è?
什麼顏色？

Le sedici consonanti 十六個子音

GIORNO 01
第一天
Ciao, Italia!
嗨，義大利！

Cc

★ 發音重點

嘴巴壓扁，嘴唇向左右咧開，空氣擠壓於舌頭與牙縫之間，發出ㄑ的音。

發音：【ㄑ】，當後面接的是 e 或 i 這二個母音時。

寫寫看：

c c

c c

Cc 有什麼 ¨ + e、i

GIORNO 01

- cena 晚餐
- cervo 鹿
- cesto 籃子
- ciabatta 拖鞋
- ciao 你好
- cinema 電影

說說看

Andiamo al cinema.
我們去看電影。

認識義大利語的字母 |031

Le sedici consonanti 十六個子音

GIORNO 01
第一天
Ciao, Italia!
嗨，義大利！

Dd

發音：【ㄉ】

★ 發音重點

用舌頭抵住牙齒，發出ㄉ的音。

寫寫看：

Dd 有什麼

- dado 骰子
- danza 跳舞
- dente 牙齒
- diamante 鑽石
- doccia 淋浴
- domani 明天

GIORNO 01

說說看

Io faccio la doccia.
我在淋浴（或洗澡）。

認識義大利語的字母 |033

Le sedici consonanti 十六個子音

GIORNO 01
第一天
Ciao, Italia!
嗨，義大利！

Ff

★ 發音重點
嘴巴緊閉，下唇壓住上排牙齒，發出ㄈ的音。

發音：【ㄈ】

寫寫看：

F f
有什麼

- **fame** 飢餓
- **fango** 泥漿 
- **femmina** 女性
- **fondo** 底部
- **frutta** 水果
- **fumo** 煙霧

GIORNO 01

說說看

Ho fame!
我餓了！

Le sedici consonanti 十六個子音

GIORNO 01
第一天

Ciao, Italia!
嗨，義大利！

Gg

★ 發音重點

嘴巴壓扁，嘴唇向左右微張，舌根稍微碰觸上顎，發出ㄍ的音。

發音：【ㄍ】，當後面接的是 a 或 o 或 u 這三個母音時。

寫寫看：

G　G

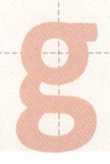

g　g

Gg 有什麼　+ a、o、u

- **gallina** 母雞
- **galleria** 隧道；藝廊
- **gondola** 貢多拉（威尼斯平底人力船）
- **goccia** 一滴
- **guancia** 臉頰
- **gusto** 滋味

GIORNO 01

說說看

Il gusto è buono!
味道很棒！

Le sedici consonanti 十六個子音

GIORNO 01
第一天
Ciao, Italia!
嗨，義大利！

Gg

★ 發音重點

嘴巴緊閉，嘴唇向前噘起，上下排牙齒合起，發出ㄐ的音。

發音：【ㄐ】，當後面接的是 e 或 i 這二個母音時。

寫寫看：

G　G

g　g

Gg 有什麼 ¨ + e、i

GIORNO 01

- gemelli 雙胞胎
- gente 人們
- genio 天才
- giardino 花園
- gita 遠足
- giustizia 審判

說說看

Loro sono gemelli.
他們是雙胞胎。

Le sedici consonanti 十六個子音

GIORNO 01
第一天
Ciao, Italia!
嗨，義大利！

★ 發音重點
avere 的動詞變化。

Hh

發音：不發音

寫寫看：

H H

h h

Hh 有什麼

GIORNO 01

- ho 有（主詞「我」）
- hai 有（主詞「你」）
- ha 有（主詞「他」）
- hanno 有（主詞「他們」）

說說看

Hai tempo?
你有時間嗎？

Le sedici consonanti 十六個子音

GIORNO 01
第一天
Ciao, Italia!
嗨，義大利！

★ 發音重點
嘴巴張開，舌頭抵住上排牙齒根部，發出ㄌ的音。

L l

發音：【ㄌ】

寫寫看：

Ll 有什麼

- labbro 嘴唇
- latte 牛奶
- legge 法律
- libro 書
- logica 邏輯
- luogo 地方

GIORNO 01

說說看

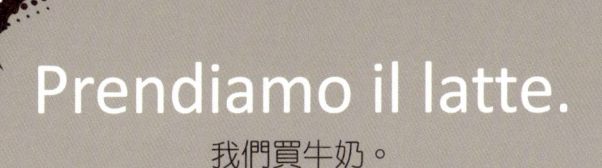

Prendiamo il latte.
我們買牛奶。

Le sedici consonanti 十六個子音

GIORNO 01
第一天
Ciao, Italia!
嗨，義大利！

★ 發音重點

嘴巴緊閉，嘴唇壓住，空氣從鼻腔發出ㄇ的音。

M m

發音：【ㄇ】

寫寫看：

M M

m m

Mm 有什麼

- madre 母親
- medico 醫生
- miracolo 奇蹟
- momento 時刻
- mondo 世界
- mura 牆壁

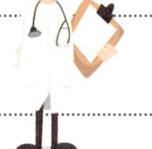

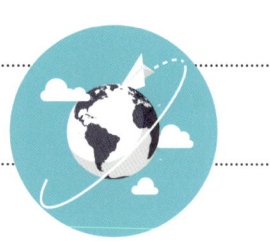

GIORNO 01

說說看

Mia madre è a casa.
我母親在家。

Le sedici consonanti 十六個子音

GIORNO 01
第一天
Ciao, Italia!
嗨，義大利！

Nn

★ 發音重點

嘴巴張開，舌頭抵住上排牙齒根部，空氣從鼻腔發出ㄋ的音。

發音：【ㄋ】

寫寫看：

N N

n n

Nn 有什麼

- **natura** 自然
- **narciso** 水仙
- **nero** 黑色
- **nido** 巢穴
- **nobile** 貴族
- **nozze** 婚禮

GIORNO 01

說說看

Vieni alle mie nozze?
你要來參加我的婚禮嗎？

認識義大利語的字母 | 047

Le sedici consonanti 十六個子音

GIORNO 01
第一天
Ciao, Italia!
嗨，義大利！

Pp

發音：【ㄆ】

★ 發音重點

嘴唇壓住，空氣從唇間爆出ㄆ的音。

寫寫看：

P P

p p

Pp 有什麼

GIORNO 01

- pasta 麵食
- paura 害怕
- penna 羽毛;鋼筆
- pietra 石頭
- potenza 權力
- premio 獎勵

說說看

Ho paura!
我很害怕!

認識義大利語的字母 | 049

Le sedici consonanti 十六個子音

MP3 19

GIORNO 01
第一天
Ciao, Italia!
嗨，義大利！

Qq

發音：【ㄍ】

★ 發音重點
嘴巴壓扁，嘴唇向左右微張，舌根稍微碰觸上顎，發出ㄍ的音。

寫寫看：

Q Q

q q

Qq 有什麼

- qua 這裡
- quadro 掛畫
- quercia 櫟樹
- questura 警察局
- quiete 平靜
- quota 比例

GIORNO 01

說說看

Il quadro è suo.
那幅畫是他的。

Le sedici consonanti 十六個子音

GIORNO 01
第一天
Ciao, Italia!
嗨，義大利！

Rr

★ 發音重點

嘴巴自然張開，嘴唇向左右微張，發出ㄟ的音，然後舌頭碰觸上排牙齒，把空氣往舌間擠壓讓舌頭震動。

發音：【ㄟ打舌】

寫寫看：

R R

r r

Rr 有什麼

- **ragazzo** 男孩
- **religione** 宗教
- **ricerca** 研究
- **rosa** 玫瑰
- **rumore** 噪音
- **ruota** 輪子

GIORNO 01

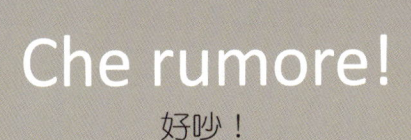

說說看

Che rumore!
好吵！

認識義大利語的字母 | 053

Le sedici consonanti 十六個子音

GIORNO 01
第一天
Ciao, Italia!
嗨，義大利！

Ss

發音：【ㄙ】為清音；【ㄗ】為濁音

★ 發音重點

有清音與濁音之分。嘴巴緊閉，嘴唇壓扁微張，舌頭抵住牙齒之間，空氣從其間擠壓發出無聲的ㄙ為清音；嘴巴緊閉，嘴唇壓扁微張，舌頭抵住牙齒之間，空氣從其間擠壓發出有聲的ㄗ為濁音。

寫寫看：

S　S

S　S

Ss 有什麼

GIORNO 01

清音	濁音
▸ **s**abbia 砂粒	**s**baglio 錯誤
▸ **s**cuola 學校	**s**bieco 歪斜
▸ **s**ecolo 世紀	**s**bigottire 驚慌失措

說說看

Lui va a scuola.
他去上學。

認識義大利語的字母 | 055

Le sedici consonanti 十六個子音

GIORNO 01
第一天
Ciao, Italia!
嗨，義大利！

T t

★ 發音重點

嘴巴微張，嘴唇向左右咧開，舌尖推擠牙齒，爆出ㄊ的音

發音：【ㄊ】

寫寫看：

T　T

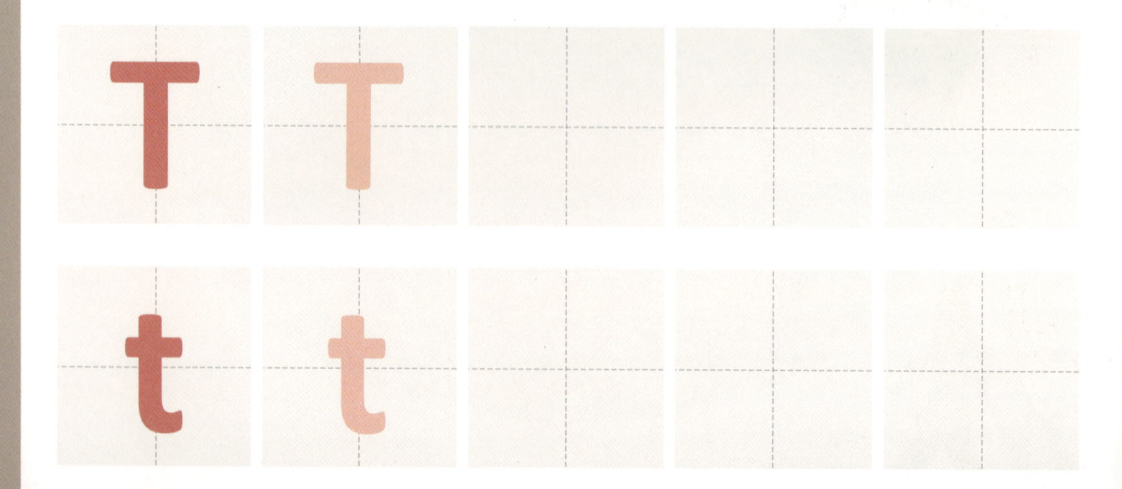

t　t

Tt 有什麼

- tavola 桌子
- tema 主題
- timbro 印章
- tosse 咳嗽
- traffico 交通；非法交易
- turismo 旅遊

GIORNO 01

說說看

Qual è il tema?
主題是什麼？

認識義大利語的字母 | 057

Le sedici consonanti 十六個子音

GIORNO 01
第一天
Ciao, Italia!
嗨，義大利！

Vv

發音：【介於ㄅ與ㄈ之間】

★ 發音重點

嘴巴緊閉，嘴唇微張，下唇碰觸上排牙齒，發出類似ㄈㄨ的短音。

寫寫看：

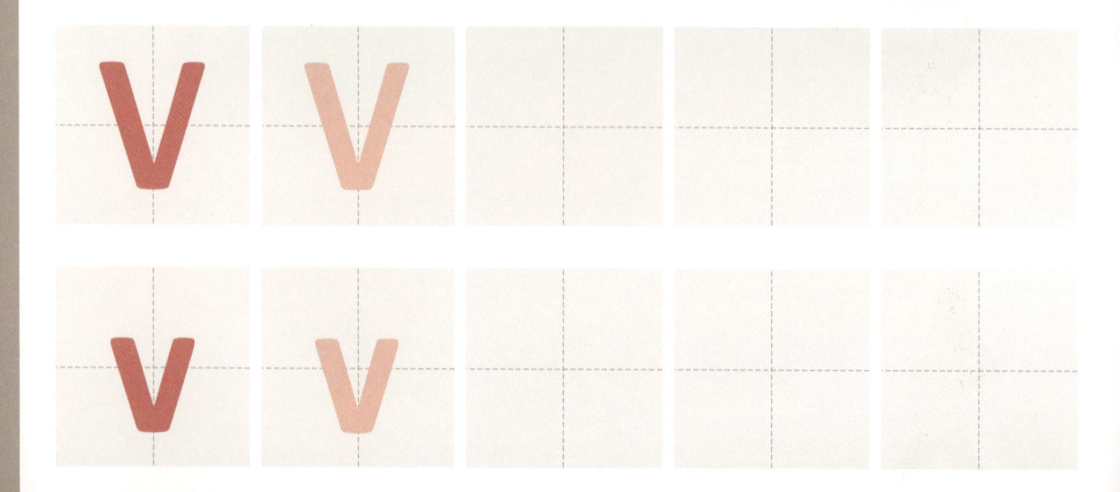

V V
v v

Vv 有什麼

- **vacanza** 假期
- **vecchio** 年老；老者
- **viaggio** 旅行
- **villa** 別墅
- **voce** 聲音
- **vuoto** 空的

GIORNO 01

說說看

Sono vecchio!
我老了！

Le sedici consonanti 十六個子音

GIORNO 01
第一天
Ciao, Italia!
嗨，義大利！

Z z

發音：【ㄗ】為清音；【ㄖ】為濁音

★ 發音重點

有清音與濁音之分。嘴巴緊閉，嘴唇向左右咧開，空氣從齒縫之間壓出輕輕的ㄗ為清音；嘴巴緊閉，嘴唇向左右咧開，空氣從齒縫之間壓出較響的ㄖ為濁音。

寫寫看：

z z

z z

Zz 有什麼

清音	濁音
▸ **z**aino 後背包	**z**itto 安靜
▸ **z**an**z**ara 蚊子	**z**ingaro 吉普賽人
▸ **z**ero 零	**z**uppa 湯

GIORNO 01

說說看

Io faccio la zuppa di pesce.

我煮魚湯。

認識義大利語的字母 | 061

不可不知的義大利
義大利印象之一

　　義大利位處南歐地中海的中央地帶，國土類似一只長靴，並包括薩丁尼亞、西西里兩個主要大島，面積約 30 萬平方公里。北部與法國、瑞士、奧地利、斯洛維尼亞接壤，其餘皆為地中海環繞。境內有兩個獨立小國，梵蒂岡與聖馬利諾。

　　義大利一般皆以首都羅馬劃分為南北兩部分，景觀與民情風俗也具有某種程度的差異：北義是精緻、冷調、優雅；南義則是粗獷、豪放、不羈！其實這也和歷史的發展軌跡有密不可分的關係，因為自從羅馬帝國滅亡之後，北義便處於長期分崩離析的狀態，各自為政的結果造成大大小小的城邦國林立，所以今天每座城市的規模幾乎旗鼓相當，建築彼此爭奇鬥艷，文化的比重不分軒輊；至於南義則一直遭到外族的侵略與統治，但卻是一個統一的狀態，曾是王國首邑的海港城市拿波里一枝獨秀，建設與規模讓境內其他的小城望塵莫及，然而也由於類似殖民的心態，雄偉的宮殿與破敗的民宅同時存在，形成非常矛盾的都市奇景。兩座大島也因地理位置的不同而命運迥異：西西里島位於地中海樞紐，使其成為希臘、斐尼基、回教徒與西班牙的兵家必爭之地，層次豐富的人文與活潑的民間習俗，讓島上至今仍充滿濃濃的異國風情；孤懸海中的薩丁尼亞卻老是成為海盜的掠奪之地，逼得居民往島內躲避，強悍的民風讓此島保存了極為良好的自然風景，如今成為歐洲上流社會夏天最為鍾情的渡假勝地。

In bocca al lupo!

祝你好運！

GIORNO 02

第二天
認識義大利語的特殊發音與外來字母

特殊發音 CHE、CHI、GHE、GHI、GLI、GN、SCE、SCI

外來字母 J、K、W、X、Y

　　義大利語的特殊發音並不複雜，只須注意 CH、GH、GL、GN、SC 這幾個字母連在一起所組成的單字。尤其是 CH，英語發成「tʃ」，義大利語則發成「k」，所以「tabachi」（菸草舖）要讀成「tabaki」，而不是「tabatʃi」，這是我們這種比較熟悉英語的人經常會犯的錯誤。

Pronuncie speciali 特殊發音

GIORNO 02
第二天
In bocca al lupo!
祝你好運！

★ 發音重點

嘴巴壓扁，嘴唇向左右微張，舌頭根部碰觸上顎，發出類似ㄎㄟ的音。

CHE
che

發音：【ㄎ強顎音】

寫寫看：

C H E

c h e

CHE che
有什麼

GIORNO 02

- che 何物
- chemioterapia 化療
- cherosene 煤油
- cherubino 小天使
- cheto 安靜
- chetichella 偷偷地

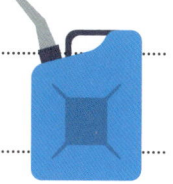

說說看

Che vuoi?
你要什麼？

Pronuncie speciali　特殊發音

GIORNO 02
第二天
In bocca al lupo!
祝你好運！

★ **發音重點**

嘴巴壓扁，嘴唇向左右咧開，舌頭根部碰觸上顎，發出類似ㄎㄧ的音。

CHI
chi

發音：【ㄎ強顎音】

寫寫看：

C H I

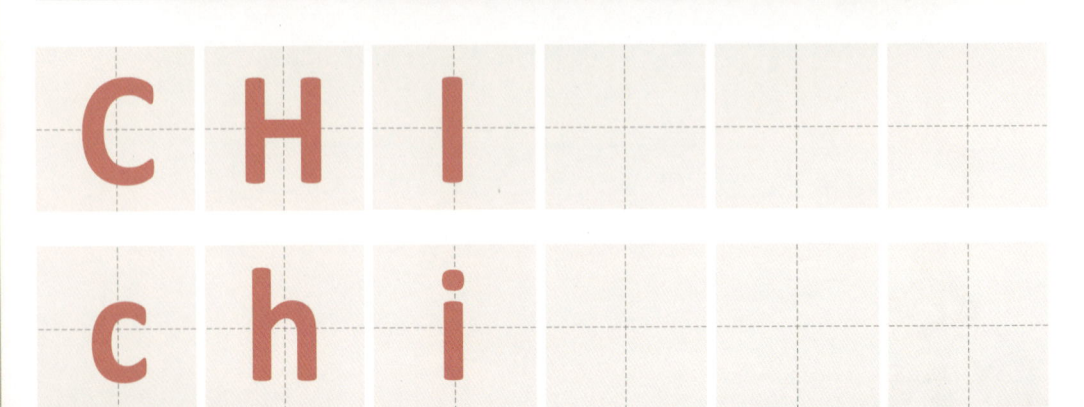

c h i

CHI chi 有什麼

- chi 誰；什麼人
- chiacchiera 聊天
- chiave 鑰匙
- chilo 公斤
- chiodo 釘子
- chitarra 吉他

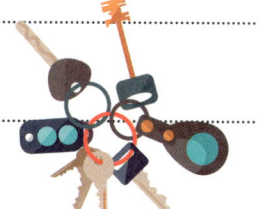

GIORNO 02

說說看

Chi è?
誰啊？

認識義大利語的特殊發音與外來字母

Pronuncie speciali 特殊發音

GIORNO 02
第二天
In bocca al lupo!
祝你好運！

★ 發音重點

嘴巴張開，嘴唇向左右微張，舌頭中部碰觸上顎，發出類似ㄍㄟ的音。

GHE
ghe

發音：【ㄍ強顎音】

寫寫看：

G H E

g h e

GHE ghe 有什麼

- **ghepardo** 獵豹
- **gheriglio** 核桃仁
- **gherlino** 纜索
- **gherminella** 詭計
- **ghermire** 攫取
- **ghetto** 猶太人區

GIORNO 02

說說看

Dov'è il ghetto?
猶太人區在哪裡？

Pronuncie speciali 特殊發音

GIORNO 02
第二天
In bocca al lupo!
祝你好運！

★ 發音重點

嘴巴壓扁，嘴唇向左右咧開，舌頭中部碰觸上顎，發出類似《一的音。

GHI
ghi

發音：【《強顎音】

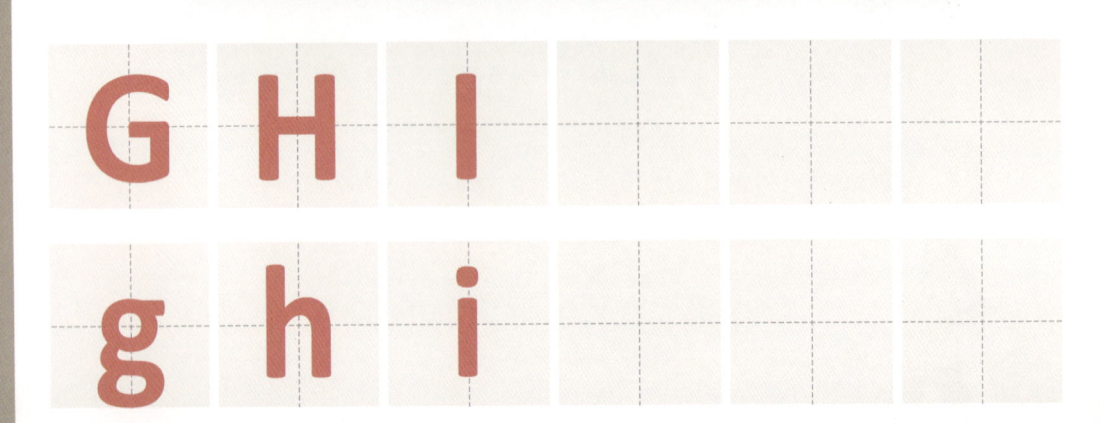

寫寫看：

G H I

g h i

GHI ghi 有什麼

- **ghiaccio** 冰塊
- **ghiaia** 鵝卵石
- **ghiandola** 腺體
- **ghigno** 冷笑
- **ghiotto** 貪吃的
- **ghirlanda** 花冠

GIORNO 02

說說看

Io rimango di ghiaccio!
我嚇呆了！

GIORNO 02
第二天

In bocca al lupo!
祝你好運！

Pronuncie speciali 特殊發音

Gli
gli

★ **發音重點**

嘴巴壓扁，嘴唇向左右咧開，舌頭中部碰觸上顎，發出類似ㄧㄝ的音。

發音：【ㄧ顎音】

寫寫看：

G L I

g l i

GLI gli 有什麼

- **gli** 定冠詞（陽性複數）
- **figlio** 兒子
- **foglio** 一片；紙張
- **aglio** 大蒜
- **foglia** 葉子
- **miglio** 英里

GIORNO 02

說說看

Gli studenti sono vivaci.
這些學生很活潑。

Pronuncie speciali 特殊發音

GIORNO 02
第二天
In bocca al lupo!
祝你好運！

★ **發音重點**

嘴巴張開，舌尖碰觸上排牙齒，用鼻腔發出類似ㄋ一ㄝ的音。

GN
gn

發音：【ㄋ顎音】

寫寫看：

| G | N | | | | | |
| g | n | | | | | |

GN gn 有什麼

- gnocco 麵糰
- gnome 警世箴言
- gnomo 北歐地精
- gnorri 裝傻
- ogni 每個
- ignorante 無知的

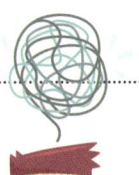

GIORNO 02

說說看

Lui fa lo gnorri.
他裝傻。

認識義大利語的特殊發音與外來字母 | 075

Pronuncie speciali 特殊發音

GIORNO 02
第二天
In bocca al lupo!
祝你好運！

★ **發音重點**

嘴巴微張，嘴唇向前噘起，舌頭稍微碰觸上顎，發出類似ㄒㄧㄝ的音。

SCE
sce

發音：【ㄒ迫音】

寫寫看：

S C E

s c e

SCE sce 有什麼

- **scelta** 選擇
- **scemo** 笨蛋
- **scena** 銀幕
- **scesa** 下坡
- **scettro** 權杖
- **scettico** 懷疑的

GIORNO 02

說說看

Non c'è altra scelta!
沒有選擇的餘地！

Pronuncie speciali 特殊發音

GIORNO 02
第二天
In bocca al lupo!
祝你好運！

★ 發音重點
嘴巴壓扁，嘴唇向左右微咧，舌根稍微碰觸上顎，發出類似ㄒㄩ的音。

SCI
sci

發音：【ㄒ迫音】

寫寫看：

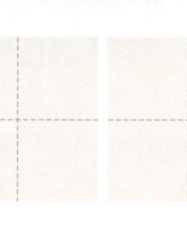

S C I

s c i

SCI sci 有什麼

- **sciare** 滑雪
- **scienza** 科學
- **scintilla** 火花
- **sciogliere** 融化
- **sciopero** 罷工
- **sciupare** 毀壞

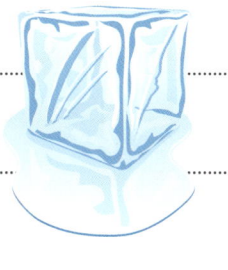

GIORNO 02

說說看

Andiamo a sciare.
我們去滑雪。

GIORNO 2
第二天

In bocca al lupo!
祝你好運！

Alfabeto straniero
外來字母

　　義大利語只有 21 個字母，但在英語是現今國際普遍使用的語文情況之下，有些外來用語自然而然地進到這個體系裡面，在傳統義大利語字母中沒有的 5 個英語字母也有其特別的讀法，如表中最右邊一欄所列。

五個外來字母順序表

大寫	小寫	讀法
J	j	i lunga
K	k	cappa
W	w	doppia vu
X	x	ics
Y	y	ipsilon

　　Jj、Kk、Ww、Xx、Yy 這五個是外來的字母，因此也只會出現在外來的單字裡面，發音就依據其原始國的慣例。不過在義大利語的字典裡，就會以萬國音標來註明該單字的讀法。

J j 有什麼？
▶ **jazz**【dʒɛz】爵士

K k 有什麼？
▶ **koala**【ko-à-la】無尾熊

W w 有什麼？
▶ **wafer**【wafer】鬆餅

X x 有什麼？
▶ **xilofono**【xi-lò-fo-no】木琴

Y y 有什麼？
▶ **yacht**【jot】私人遊艇

　　如果是縮寫有使用到外來字母的話，就根據列表中的讀法，例如：荷蘭皇家航空公司 KLM，義大利語的唸法為 cappa-elle-emme。

GIORNO 02

認識義大利語的特殊發音與外來字母 |081

不可不知的義大利
義大利印象之二

　　初次到義大利遊歷的旅人一定不會錯過北義的四座經典城市，那就是米蘭、威尼斯、翡冷翠與羅馬。

　　米蘭是義大利的商業大城，銀行與商辦大樓林立，2015 年的世界博覽會除了在郊區蓋出恢弘的展覽場以外，更是讓整座城市動了起來。然而市中心的大教堂、艾曼紐二世迴廊與斯卡拉歌劇院，仍保持著米蘭一貫的優雅態度。至於精品區的櫥窗，更是世人來此必定要前往朝聖的地方。

　　威尼斯被封為全世界獨一無二的浪漫水都，可說是當之無愧！以木樁打入硬土層、並在其上築出美輪美奐的貴族宮殿與詭異教堂，歪歪斜斜的鐘塔到處林立，沒有車、只有黑色的平底船穿梭在寧靜的小水道之間，在不適於人居的潟湖區所建構而成的水都，挺立了一千餘年仍流露出亞德里亞海的女王風範。

　　英文稱為佛羅倫斯的翡冷翠，真的就如同翡翠般地熠熠閃爍，散發出文藝復興最懾人的光芒。十四世紀發跡於此的麥帝奇家族，以其玲瓏的外交手段和精緻的藝術品味，將翡冷翠打造為塵世間的天堂，雕像與迴廊充斥於廣場周邊，整座城市根本就是一間收藏極為豐富的露天博物館！他們的作風成為歐洲其他宮廷群起效尤的典範，因而引爆人類文明的再次甦醒。

　　被譽為永恆之都的羅馬，擁有全世界最大的圓形競技場，當初最殘暴的血腥地卻成為這個文明帝國不朽的象徵！矛盾，正是這座古城最迷人的魅力！應該是講求簡樸的天主教國都，卻處處有令人目眩神迷的豪華宅邸與流水潺潺的雕飾噴泉，巴洛克的誇張與矯揉，讓曾經頹圮的廢墟再次震撼世人的目光，因此「羅馬不是一天造成的」！

> *Chi ben comincia è a metà dell'opera.*
> 好的開始是成功的一半。

GIORNO 03
第三天
認識義大利語的單字

3.1 關於數字與時間
I numeri 數字
Le stagioni 季節
La settimana 星期
I mesi 月份

3.2 關於工作與身分
La professione 職業
La famiglia 家庭成員

3.3 關於飲食與器具
L'alimentazione 食物
Le bevande 飲料
I frutti 水果
Gli utensili 用具

3.4 關於旅遊與購物
La natura 大自然
L'architettura 建築
I trasporti 運輸
L'abbigliamento 衣飾

3.5 其他
Il corpo 身體構造
Gli animali 動物

GIORNO 03
第三天

Chi ben comincia è a metà dell'opera.
好的開始是成功的一半。

【前言】

義大利語是一種拼音語言，因為字母的發音比較單純，而且單字也是一個音節、一個音節地分得很清楚，所以只要學會每個字母的發音、重音在哪個音節，通常只要會唸就會寫。在義大利語的字典裡，每個單字的後面都會標示它的讀法，有幾個符號須知道其代表意義。

(1)【`】由左上向右下撇，代表重音與開口音。

說說看：letto【lèt-to】床
重音加強在第一音節，è 需嘴巴上下較為張開，發出ㄝ的開口音。

(2)【′】由右上向左下撇，代表重音與閉口音。

說說看：tetto【tét-to】天花板
重音加強在第一音節，é 則嘴巴稍微向左右咧開，發出ㄟ的閉口音。

(3)【-】代表音節的區分。

說說看：uno【ù-no】一
在兩個母音組成的音節之間稍微停頓。

(4)【ʃ】代表 s 的濁音。

說說看：sbaglio【ʃbà-glio】錯誤

重音在第一音節的 à，而 s 為嘴巴緊閉，嘴唇壓扁微張，舌頭抵住牙齒之間，空氣從其間擠壓發出有聲的ㄕ濁音。

(5)【ʒ】代表 z 的濁音。

說說看：zero【ʒè-ro】零

重音在第一音節的 è，z 則嘴巴緊閉，嘴唇向左右咧開，空氣從齒縫之間壓出較響的ㄖ濁音。

GIORNO 03
第三天

3.1 關於數字與時間

I numeri 數字

uno	【ù-no】	一
due	【dù-e】	二
tre	【trè】	三
quattro	【quà-tro】	四
cinque	【cìn-que】	五
sei	【sèi】	六
sette	【sèt-te】	七
otto	【òt-to】	八
nove	【nò-ve】	九
dieci	【diè-ci】	十
undici	【ùn-di-ci】	十一
dodici	【dó-di-ci】	十二
tredici	【tré-di-ci】	十三
quattordici	【quat-tór-di-ci】	十四
quindici	【quìn-di-ci】	十五
sedici	【sé-di-ci】	十六

diciassette	【di-cias-sèt-te】	十七
diciotto	【di-ciòt-to】	十八
diciannove	【di-cian-nò-ve】	十九
venti	【vén-ti】	二十
ventuno	【ven-tù-no】	二十一
ventidue	【ven-ti-dù-e】	二十二
trenta	【trén-ta】	三十
trentuno	【tren-tù-no】	三十一
quaranta	【qua-ràn-ta】	四十
quarantuno	【qua-ran-tù-no】	四十一
cinquanta	【cin-quàn-ta】	五十
cinquantuno	【cin-quan-tù-no】	五十一
sessanta	【ses-sàn-ta】	六十
settanta	【set-tàn-ta】	七十
ottanta	【ot-tàn-ta】	八十
novanta	【no-vàn-ta】	九十
cento	【cèn-to】	一百
mille	【mìl-le】	一千
milione	【mi-lió-ne】	一百萬
miliardo	【mi-liàr-do】	十億

GIORNO 03

GIORNO 03
第三天

Le stagioni 季節

primavera	【pri-ma-vè-ra】	春天
estate	【e-stà-te】	夏天
autunno	【au-tùn-no】	秋天
inverno	【in-vèr-no】	冬天

La settimana 星期

lunedì	【lu-ne-dì】	星期一
martedì	【mar-te-dì】	星期二
mercoledì	【mer-co-le-dì】	星期三
giovedì	【gio-ve-dì】	星期四
venerdì	【ve-ner-dì】	星期五
sabato	【sà-ba-to】	星期六
domenica	【do-mé-ni-ca】	星期日

I mesi 月份

gennaio	【gen-nà-io】	一月
febbraio	【feb-brà-io】	二月
marzo	【màr-zo】	三月
aprile	【a-prì-le】	四月
maggio	【màg-gio】	五月
giugno	【giù-gno】	六月
luglio	【lù-glio】	七月
agosto	【a-gó-sto】	八月
settembre	【set-tèm-bre】	九月
ottobre	【ot-tó-bre】	十月
novembre	【no-vèm-bre】	十一月
dicembre	【di-cèm-bre】	十二月

GIORNO 03

GIORNO 03
第三天

關於數字與時間的表達

❶ 數字的表述：義大利語的數字除了一到二十以外，之後都是以十位數加上個位數的組合，例如二十一為 ventuno（venti ＋ uno，因為結尾與開頭皆為母音，因此省略 i）、二十二為 ventidue……依此類推。若是千以上的數字，除了百萬、十億以外，都是以三個位數為表達單元，例如一萬為 diecimila（dieci ＋ mila，mila 為 mille 的複數，也就是十個一千）、一億為 centomilioni（cento ＋ milioni，milioni 為 milione 的複數，也就是一百個一百萬）。

❷ 時間的表述：若是問句的話，用單數與複數皆可；回答則依當時的情況，把時與分作單複數的區別。

Che ora è? 或者 Che ore sono?
現在幾點？

È l'una e un quarto.（quarto 為四分之一，也就是一刻鐘之意）
一點十五分。

Sono le due meno un quarto.
差十五分就兩點。

Sono le tre e cinque .
三點零五分。

❸ 日期、星期、季節的表述：日期通常都用序數，也就是某個月的第一天、第二天……，不過也可以直接用數字；至於星期與季節就比較簡單，只要注意冠詞的陰陽性。

Che giorno è oggi?
今天是幾號？

È il primo giorno di luglio.
今天是七月一日。

È il venti di settembre.
今天是九月二十日。

Oggi è domenica.
今天是禮拜天。

Che stagione è?
現在是什麼季節？

È primavera!
春天啦！

GIORNO 03
第三天

3.2 關於工作與身分

La professione 職業

studente	【stu-dèn-te】	男學生
studentessa	【stu-den-tès-sa】	女學生
maestro	【ma-è-stro】	男師傅
maestra	【ma-è-stra】	女師傅
insegnante	【in-se-gnàn-te】	男、女老師
professore	【pro-fes-sò-re】	男教授
professoressa	【pro-fes-so-rè-sa】	女教授
commesso	【com-més-so】	男店員
commessa	【com-més-sa】	女店員
tecnico	【tèc-ni-co】	男、女技工
impiegato	【im-pie-gà-to】	男職員
impiegata	【im-pie-gà-ta】	女職員
operaio	【o-pe-rà-io】	男工人
operaia	【o-pe-rà-ia】	女工人

architetto	【ar-chi-tét-to】	男、女建築師
infermiere	【in-fer-miè-re】	男護士
infermiera	【in-fer-miè-ra】	女護士
medico	【mè-di-co】	男、女醫師
autore	【au-tó-re】	男作者
autrice	【au-trì-ce】	女作者
scrittore	【scrit-tó-re】	男作家
scrittrice	【scrit-trì-ce】	女作家
autista	【au-tì-sta】	男、女司機
giornalista	【gior-na-lì-sta】	男、女記者
poliziotto	【po-li-ziòt-to】	男警察
poliziotta	【po-li-ziòt-ta】	女警察
cameriere	【ca-me-riè-re】	男侍者
cameriera	【ca-me-riè-ra】	女侍者
cantante	【can-tàn-te】	男、女歌手
fornaio	【for-nà-io】	男麵包師傅
fornaia	【for-nà-ia】	女麵包師傅
cuoco	【cuò-co】	男廚師
cuoca	【cuò-ca】	女廚師

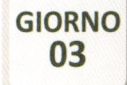

GIORNO 03

GIORNO 03
第三天

contadino	【con-ta-dì-no】	男農夫
contadina	【con-ta-dì-na】	女農夫
macellaio	【ma-cel-là-io】	男肉販
macellaia	【ma-cel-là-ia】	女肉販
pescatore	【pe-sca-tó-re】	男漁夫
pescatrice	【pe-sca-trì-ce】	女漁夫
disegnatore	【di-se-gna-tó-re】	男設計師
disegnatrice	【di-se-gna-trì-ce】	女設計師

La famiglia 家庭成員

marito	【ma-rì-to】	丈夫
moglie	【mó-glie】	妻子
nonno	【nòn-no】	祖父
nonna	【nòn-na】	祖母
padre	【pà-dre】	父親
papà	【pa-pà】	爸爸

madre	【mà-dre】	母親
mamma	【màm-ma】	媽媽
figlio	【fi-glio】	兒子
figlia	【fi-glia】	女兒
fratello	【fra-tèl-lo】	兄弟
sorella	【so-rèl-la】	姊妹
zio	【zì-o】	伯伯；叔叔；舅舅
zia	【zì-a】	嬸嬸；阿姨
cugino	【cu-gì-no】	表兄弟；堂兄弟
cugina	【cu-gì-na】	表姊妹；堂姊妹
nipote	【ni-pó-te】	姪兒女；孫子女

GIORNO 03

GIORNO 03
第三天

關於工作與身分的表達 MP3 41

❶ 工作的表述：通常在說明自身的職業時，都不加冠詞；而大多數的職業別名稱都有陰陽性之分，若沒有陰陽性之分，則須由主詞或冠詞來區分男女。

Che lavoro fai?
你從事什麼工作？

Sono giornalista.
我是記者。

Invece lui (lei) che lavoro fa?
而他（她）是做什麼的？

Lui (Lei) è un (una) cantante.
他（她）是一名男（女）歌手。

❷ 身分的表述：親屬關係若為單數時，不加定冠詞，只有複數時才加。

Che cosa fa tuo padre?
你的父親是做什麼的？

Mio padre è un medico.
我父親是醫生。

Dove abitano i tuoi cugini?
你的堂兄弟們（或表兄弟們）住在哪裡？

Loro abitano a Taipei.
他們住在台北。

3.3 關於飲食與器具

L'alimentazione 食物 🎧 MP3 42

pasta	【pà-sta】	麵食
spaghetto	【spa-ghét-to】	通心麵
risotto	【ri-sòt-to】	燉飯
pizza	【pìz-za】	披薩
pane	【pà-ne】	麵包
verdura	【ver-dù-ra】	蔬菜
carne	【càr-ne】	肉類
pollo	【pól-lo】	雞肉
pesce	【pé-sce】	魚類
formaggio	【for-màg-gio】	乳酪
tartufo	【tar-tù-fo】	松露
dolce	【dól-ce】	甜點

Le bevande 飲料 🎧 MP3 43

acqua	【àc-qua】	水
acqua naturale	【àc-qua na-tu-rà-le】	礦泉水
acqua frizzante	【àc-qua friȝ-ȝà-te】	氣泡水

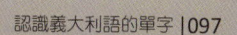

GIORNO 03

認識義大利語的單字 | 097

GIORNO 03
第三天

vino	【vì-no】	葡萄酒
caffè	【caf-fè】	咖啡
tè	【tè】	茶
latte	【làt-te】	牛奶
succo	【sùc-co】	果汁
spremuta	【spre-mù-ta】	現榨果汁
birra	【bìr-ra】	啤酒
spumante	【spu-màn-te】	氣泡酒
cacao	【ca-cà-o】	可可

I frutti 水果

anguria	【an-gù-ria】	西瓜
arancia	【a-ràn-cia】	柳橙
banana	【ba-nà-na】	香蕉
ciliegia	【ci-liè-gia】	櫻桃
fico	【fì-co】	無花果
fragola	【frà-go-la】	草莓
mela	【mé-la】	蘋果
melone	【me-ló-ne】	哈密瓜

limone	【li-mó-ne】	檸檬
pera	【pé-ra】	梨子
pesca	【pè-sca】	桃子
uva	【ù-va】	葡萄

Gli utensili 用具

piatto	【piàt-to】	盤子
cucchiaio	【cuc-chià-io】	湯匙
forchetta	【for-chét-ta】	叉子
coltello	【col-tèl-lo】	刀
tazza	【tàz-za】	咖啡杯；茶杯
bicchiere	【bic-chi-è-re】	玻璃杯
calice	【cà-li-ce】	高腳杯
libro	【lì-bro】	書本
sedia	【sè-dia】	椅子
tavolo	【tà-vo-lo】	桌子
telefono	【te-lè-fo-no】	電話
cellulare	【cel-lu-là-re】	手機

GIORNO 03

GIORNO 03
第三天

關於飲食與器具的表達

❶ 義大利人沒有喝湯的習慣，所以都用酒和水來搭配食物。若是到餐廳去吃飯，經常都會先上配餐的飲料，而點菜常用的動詞為「prendere」。

Da bere?
要喝什麼飲料呢？

Prendiamo l'acqua naturale.
我們要礦泉水。

Dopo mangiato, che prendi? Il dolce o la frutta?
飯後你還要來點什麼？甜點或水果？

Preferisco la frutta, un pezzo di anguria, grazie.
我喜歡水果，來片西瓜吧，謝謝！

❷ 義大利人的飲料杯也會區分，像是喝咖啡或茶會用厚的陶瓷杯；水或酒用透明玻璃杯；香檳或氣泡酒則要以高腳杯來襯托它的氣質。

Un bicchiere di vino bianco, per favore!
請給我一杯白酒！

Tu che prendi?
你要喝什麼？

Io voglio una tazza di tè, prendiamo il tavolo, va bene?
我想要一杯茶，我們坐下來喝，好嗎？

3.4 關於旅遊與購物

La natura 大自然　MP3 47

cielo	【ciè-lo】	天空
sole	【só-le】	太陽
luna	【lù-na】	月亮
stella	【stél-la】	星星
montagna	【mon-tà-gna】	山岳
mare	【mà-re】	大海
terra	【tèr-ra】	土地
fiume	【fiù-me】	河流
albero	【àl-be-ro】	樹木
fiore	【fió-re】	花
collina	【col-lì-na】	山丘
pianura	【pia-nù-ra】	平原

L'architettura 建築　MP3 48

chiesa	【chiè-ʃa】	教堂
castello	【ca-stèl-lo】	城堡
fortezza	【for-téz-za】	要塞

GIORNO 03

認識義大利語的單字 | 101

GIORNO 03
第三天

tempio	【tèm-pio】	神殿
anfiteatro	【an-fi-te-à-tro】	圓形劇場
teatro	【te-à-tro】	半圓劇場
terme	【tèr-me】	浴場
foro	【fò-ro】	羅馬議事廣場
piazza	【piàz-za】	廣場
palazzo	【pa-làz-zo】	大樓
finestra	【fi-nè-stra】	窗戶
camera	【cà-me-ra】	房間

I trasporti 運輸

aereo	【a-è-re-o】	航空
treno	【trè-no】	火車
nave	【nà-ve】	船
macchina	【màc-chi-na】	汽車
motocicletta	【mo-to-ci-clét-ta】	機車
bicicletta	【bi-ci-clét-ta】	自行車
autobus	【aù-to-bus】	公共汽車

metropolitana	【me-tro-po-li-tà-na】	大眾捷運
ferrovia	【fer-ro-vì-a】	鐵路
porto	【pòr-to】	港口
stazione	【sta-zió-ne】	車站
aeroporto	【a-e-ro-pòr-to】	機場

L'abbigliamento 衣飾

cappello	【cap-pél-lo】	帽子
occhiali	【oc-chià-li】	眼鏡
camicia	【ca-mì-cia】	襯衫
maglia	【mà-glia】	毛衣
gonna	【gòn-na】	裙子
pantalone	【pan-ta-ló-ne】	長褲
calza	【càl-za】	襪子
sciarpa	【sciàr-pa】	圍巾
scarpa	【scàr-pa】	鞋子
borsa	【bór-sa】	手提包
portafoglio	【por-ta-fò-glio】	皮夾
orologio	【o-ro-lò-gio】	手錶

GIORNO 03

GIORNO 03
第三天

關於旅遊與購物的表達

① 旅遊的表述：義大利南北狹長，又有亞平寧山縱貫國土中央，所以自然景觀頗為多元；而自羅馬帝國以來，歷經城邦國各自為政的混亂時代，文化的層次也很豐富。因此到當地遊歷時，地中海與大教堂幾乎如影隨形。

Andiamo al mare o in montagna?
我們去海邊還是到山上？

No, voglio visitare il foro e la chiesa, la cultura è più interessante.
不，我想去拜訪羅馬議事廣場和教堂，文化比較有趣。

Va bene! Ma come andarci?
好吧！不過要怎麼去那裡？

Prendiamo la metropolitana.
我們搭捷運。

❷ 購物的表述：每年的元月與七月，是義大利的冬、夏換季大折扣期間，所有的服飾與皮件、甚至連家居用品也全面打折。

Vuoi guardare un pò la vetrina?
要不要去看看櫥窗？

C'è il trenta percento di sconto!
現在打七折！

Devo comprare un paio di scarpe.
我必須買一雙鞋。

E io forse prendo un portafoglio per mio fratello.
我可能買個皮夾給我哥。

GIORNO 03
第三天

3.5 其他

Il corpo 身體構造

testa	【tè-sta】	頭
collo	【còl-lo】	頸；脖子
pancia	【pàn-cia】	肚子
braccio	【bràc-cio】	手臂
mano	【mà-no】	手
gamba	【gàm-ba】	腿
piede	【piè-de】	足
faccia	【fàc-cia】	臉
occhio	【òc-chio】	眼睛
naso	【nà-so】	鼻子
bocca	【bóc-ca】	口
orecchio	【o-réc-chio】	耳朵

Gli animali 動物

uccello	【uc-cèl-lo】	鳥類
pinguino	【pin-guì-no】	企鵝
piccione	【pic-ciò-ne】	鴿子
serpente	【ser-pèn-te】	蛇類
cane	【cà-ne】	狗
gatto	【gàt-to】	貓
leone	【le-ó-ne】	獅子
lupo	【lù-po】	狼
volpe	【vòl-pe】	狐狸
zebra	【ʒè-bra】	斑馬
topo	【tò-po】	老鼠
maiale	【ma-ià-le】	豬
mucca	【mùc-ca】	乳牛
coniglio	【co-nì-glio】	兔子
agnello	【a-gnèl-lo】	羔羊

GIORNO 03

不可不知的義大利
促成義大利語誕生的詩人之一

西羅馬帝國滅亡之後，義大利半島分崩離析，最初官方使用的拉丁語也演變成各地區口語化的方言。不過三位出生於托斯卡尼的詩人，他們用翡冷翠的地方語言寫出大眾皆能閱讀的作品，不僅開啟文學上的人文思想，還促成日後義大利語的統一。

但丁‧阿里奇耶里（Dante Alighieri）

1265 年生於翡冷翠的但丁，因為祖先在神聖羅馬帝國皇帝可拉多三世所率領的第二次十字軍東征行動中戰死，而被冊封為騎士，所以也算是出身於小小的貴族階級之家。但丁年輕時參與政治活動，1300 年被推選為行政首長，是其職業生涯的巔峰。然而當時正值翡冷翠城內各黨派權力傾軋最厲害的時期，就在其出使前往羅馬期間，敵對的黑黨得勢，他們趁機判處隸屬於白黨的但丁死罪，於是這位不幸的詩人從此過著流亡的生活，浪跡於維諾納與威尼斯一帶，死後葬於拉威納，終其一生都沒能回到他最鍾愛的翡冷翠。

年紀輕輕便已去世的貝阿特莉契‧波提娜莉（Beatrice Portinari）一直是但丁暗戀的對象，在他遭到放逐、個人的道德觀非常混亂的黑暗歲月，這位繆思女神化身為最聖潔的白衣天使，成為指引詩人的一盞明燈。於是但丁於 1304 年開始以三行詩的形式提筆寫出曠世巨作：在古羅馬詩人維吉利歐的帶領之下，遊歷地獄、煉獄到天堂，象徵自己的靈魂經過痛苦與淬鍊之後，終於到達狂喜的純淨世界！而他所癡戀的貝阿特莉契就在那裡張開雙臂迎接他……。因為是歡樂的結局，所以但丁稱其為「喜劇」，不過薄伽丘認為這是「神的喜劇」，因為內容展現但丁對上帝的堅定信仰，也可能是薄伽丘為了對這位詩人的才華致上敬意，這就是我們今天所熟知的《神曲》（La Divina Commedia）。《神曲》是一部帶有教育意義的詩集，雖然仍不脫中古世紀嚴峻的神學思想，但是用翡冷翠的方言寫成，所以普及的程度對後世的影響無遠弗屆。

Tutto fa brodo.

天生我材必有用。

GIORNO 04

第四天
認識義大利語的陰陽性與單複數

4.1 名詞的陰陽性與單複數
4.2 形容詞的陰陽性與單複數
4.3 冠詞的陰陽性與單複數
4.4 試著把冠詞、形容詞、名詞組合起來

GIORNO 04
第四天

Tutto fa brodo.
天生我材必有用。

【前言】

　　義大利語和中文非常明顯的差異是，義大利語的每個詞性都有陰陽性和單複數之分。而在認識了義大利語的單字之後，我們還要進一步把它們擴大，如此一來才能夠用來表達更豐富的意義，並且和他人溝通。

　　在義大利語的名詞前面，都要加上冠詞來表示陰陽性。例如「火車」為陽性名詞，義大利語的表達方式為「il treno」；「教堂」為陰性名詞，義大利語的表達方式為「la chiesa」。如果是「幾列火車」，義大利語的表達方式為「i treni」；「幾座教堂」，義大利語的表達方式為「le chiese」，你會發現冠詞會隨著名詞的不同而有單複數之分。而用來描述名詞的外觀、形狀、性質……等等的形容詞，例如「新的火車」，義大利語的表達方式為「il nuovo treno」；「舊的教堂」，義大利語的表達方式為「la vecchia chiesa」；「幾列新的火車」，義大利語的表達方式為「i nuovi treni」；「幾座舊的教堂」，義大利語的表達方式為「le vecchie chiese」，你會發現形容詞亦是依據名詞而做出陰陽性與單複數的變化。所以我們就從冠詞＋形容詞＋名詞這三個最基礎的組成元素開始，慢慢展開義大利語的句子結構。

4.1 名詞的陰陽性與單複數

名詞的陰陽性

① 名詞中,以 o 結尾者為陽性,以 a 結尾者為陰性,但有少數特例。例如「sistema」(系統)是陽性名詞、「foto」(照片)是陰性名詞。

② 字尾非 o 或 a 者,則依慣例判斷陰陽性。

③ 最後還須注意的是,同樣一個名詞的陰陽性有時具有不同的意義。例如「tetto」為陽性名詞,意思是「屋頂」;「tetta」為陰性名詞,意思是「乳房」。

認識名詞的陰陽性:

名詞	陽性	陰性
pasta 麵食		★
pasto 一餐	★	
spaghetto 通心麵	★	
risotto 燉飯	★	
pizza 披薩		★
pane 麵包	★	
verdura 蔬菜		★
carne 肉類		★
pesce 魚類	★	
formaggio 乳酪	★	
dolce 甜點	★	

GIORNO 04

GIORNO 04
第四天

名詞的單複數

① 以 o 結尾的陽性單數名詞，把 o 改為 i 則變成複數。

② 以 a 結尾的陰性單數名詞，把 a 改為 e 則變成複數。

③ 以 e 為字尾的陽性或陰性單數名詞，把字尾改為 i 則變成複數。

認識名詞的單複數：

名詞	陽性複數	陰性複數
pasta 麵食		paste
pasto 一餐	pasti	
spaghetto 通心麵	spaghetti	
risotto 燉飯	risotti	
pizza 披薩		pizze
pane 麵包	pani	
verdura 蔬菜		verdure
carne 肉類		carni
pesce 魚類	pesci	
formaggio 乳酪	formaggi	
dolce 甜點	dolci	

★練習一下吧！請判斷名詞的陰陽性，並將其改成複數。

單數名詞	陽性複數	陰性複數
piatto 盤子		
cucchiaio 湯匙		
forchetta 叉子		
coltello 刀		
tazza 咖啡杯；茶杯		
bicchiere 玻璃杯		
calice 高腳杯		
libro 書本		
sedia 椅子		
tavolo 桌子		
telefono 電話		
cellulare 手機		

GIORNO 04

GIORNO 04
第四天

4.2 形容詞的陰陽性與單複數

形容詞的陰陽性

① 形容詞中，以 o 結尾者為陽性，以 a 結尾者為陰性。

② 若字尾為 e，則可同時作為陰陽性的形容詞。

認識形容詞的陰陽性：

陽性	陰性	中文
bello	bella	英俊的；美麗的
bravo	brava	精采的；優秀的
buono	buona	好的；美味的
caldo	calda	熱的
freddo	fredda	冷的
carino	carina	可愛的
dolce	dolce	甜的；親切的
duro	dura	硬的；困難的
alto	alta	高的
azzurro	azzurra	湛藍的

形容詞的單複數

❶ 以 o 結尾的陽性單數形容詞，把 o 改為 i 則變成複數。

❷ 以 a 結尾的陰性單數形容詞，把 a 改為 e 則變成複數。

❸ 若字尾為 e 的單數形容詞，把字尾改為 i 則變成複數。

認識形容詞的單複數：

陽性	陰性	中文
bello → belli	bella → belle	英俊的；美麗的
bravo → bravi	brava → brave	精采的；優秀的
buono → buoni	buona → buone	好的；美味的
caldo → caldi	calda → calde	熱的
freddo → freddi	fredda → fredde	冷的
carino → carini	carina → carine	可愛的
dolce → dolci	dolce → dolci	甜的；親切的
duro → duri	dura → dure	硬的；困難的
alto → alti	alta → alte	高的
azzurro → azzurri	azzurra → azzurre	湛藍的

GIORNO 04

GIORNO 04
第四天

★練習一下吧！請把單數形容詞改成複數。

陽性	陰性	中文
lungo →	lunga →	長的；遠的
corto →	corta →	短的；近的
grosso →	grossa →	胖的；粗的
magro →	magra →	瘦的；細的
contento →	contenta →	高興的
triste →	triste →	悲傷的
bene →	bene →	好的
male →	male →	壞的
giusto →	giusta →	正確的
falso →	falsa →	錯誤的
rosso →	rossa →	紅的
bianco →	bianca →	白的

4.3 冠詞的陰陽性與單複數

冠詞的區分

① 定冠詞：後面的名詞有特定的對象、群組。

② 不定冠詞：後面的名詞沒有特定的對象、群組。

③ 定冠詞與不定冠詞皆有陰陽性與單複數之分，不過複數的不定冠詞通常都會省略。

認識冠詞、它的陰陽性與單複數：

冠詞	單數	複數
定冠詞陽性	il	i
	lo（若名詞字首為 s ＋子音、z）	gli
定冠詞陰性	la	le
	l'（若名詞字首為母音）	
不定冠詞陽性	un	dei
	uno（若名詞字首為 s ＋子音、z）	degli
不定冠詞陰性	una	delle
	un'（若名詞字首為母音）	

GIORNO 04

GIORNO 04
第四天

4.4 試著把冠詞、形容詞、名詞組合起來

說說看　MP3 57

❶ 把冠詞、名詞組合起來

冠詞	名詞	中文
il	pasto	這餐；那餐
un	pasto	一餐
la	pasta	這盤麵食；那盤麵食
una	pasta	一盤麵食
i	pasti	這幾餐；那幾餐
(dei)	pasti	幾餐
le	paste	這些麵食；那些麵食
(delle)	paste	麵食

❷ 把冠詞、形容詞、名詞組合起來：

冠詞	形容詞	名詞	中文
il	bravo	ragazzo	這名優秀的男孩
un	bravo	ragazzo	一名優秀的男孩
la	brava	ragazza	這名優秀的女孩
una	brava	ragazza	一名優秀的女孩
i	bravi	ragazzi	這些優秀的男孩
(dei)	bravi	ragazzi	優秀的男孩們
le	brave	ragazze	這些優秀的女孩
(delle)	brave	ragazze	優秀的女孩們

GIORNO 04

★ 練習一下吧！請判斷名詞的陰陽性，並將其改成複數。

冠詞	形容詞	名詞	中文
il	carino	gatto	這隻可愛的小貓（陽、單）
un			一隻可愛的小貓（陽、單）
la			這隻可愛的小貓（陰、單）
una			一隻可愛的小貓（陰、單）
i			這些可愛的小貓（陽、複）
(dei)			一群可愛的小貓（陽、複）
le			這些可愛的小貓（陰、複）
(delle)			一群可愛的小貓（陰、複）

不可不知的義大利
促成義大利語誕生的詩人之二

法蘭契斯科‧佩托拉克（Francesco Petrarca）

　　1304 年生於托斯卡尼小城阿雷佐的佩托拉克，他的父親是位公證人，因為捲入白黨的政治事件而於 1302 年與但丁一起遭到翡冷翠議會的放逐；1311 年舉家遷到法國的亞維儂，在教皇的事業體下工作。佩托拉克年輕的時候便深受古代偉大的拉丁詩人所吸引，涉獵維吉利歐、西賽羅的古典著作。父親死後，他接受教會的俸給，可以生活無虞地浸淫在個人喜好的文學研究當中。1327 年他邂逅了勞拉‧德諾威（Laura de Noves），這位與他無緣的女子亦如但丁的貝阿特莉契一樣，成為詩人一生的摯愛與啟發其詩興的謬思女神。因為在寫作方面的成就，1341 年佩托拉克在羅馬受封為桂冠詩人。到各處去遊歷使得佩托拉克熱愛這片塵世繁榮的景象與過去的光輝，同時又感受到這一切是如此地短暫又易逝，這股矛盾與惆悵把他的詩作推向高峰。

　　由於對古典世界的推崇，佩托拉克收集不少散失的原稿，整理翻譯並加以訂正，成為真正的人文主義詩人。他的極致之作《詩歌集》（Il Canzoniere）幾乎是個人靈魂的告白，整部詩集可以勞拉的死區分為兩大部分；這位詩人癡戀的女子代表美、榮耀與愛情，然而她的死卻讓這些事物變得如此脆弱。其實佩托拉克只是借用勞拉來分析自己真實的感受，在愛人消逝之後，他的愛情找不到出口，心情永遠無法平靜，過去的回憶啃噬著他……這份痛苦不斷地折磨他，最後轉變成對死亡的渴望，也說明了佩托拉克對人世間所有事物的易逝性一直感到害怕。不再把希望寄託於來世，不再一直對上帝虔誠不疑，佩托拉克這部極俱聲韻之美的《詩歌集》，充滿了文藝復興的精神。

Chi ha avuto,
ha avuto.

既往不咎。

GIORNO 05
第五天
認識義大利語的動詞

5.1 三個主要動詞 Essere（是）、Avere（有）、Stare（在；保持）

5.2 反身動詞 Chiamarsi（名叫）

5.3 規則的動詞變化：原形動詞的結尾為 are、原形動詞的結尾為 ere、原形動詞的結尾為 ire

GIORNO 05
第五天

Chi ha avuto, ha avuto.
既往不咎。

【前言】

　　動詞是一個句子中非常重要的組成元素，它會讓整個句子「活」起來！所以在學習了義大利語的冠詞、形容詞與名詞之後，今天就要用動詞把這些元素彼此的關係表達出來。

　　不過在認識義大利語的動詞之前，我們要先介紹非常重要的主詞。主詞是動詞變化的主要依據，它可以是名詞或代名詞，不過日常對話一定也少不了以人稱代名詞作為主詞的情況。所謂的人稱代名詞，就是我、你（妳）、他（她）、我們、你們、他們；在義大利語的文法中，除了第三人稱單數以外，第一與第二人稱並無陰陽性之分。

人稱代名詞

人稱代名詞	義大利語	中文
第一人稱單數	io	我
第二人稱單數	tu	你；妳
第三人稱單數	lui、lei	他、她
敬稱單數	Lei	您
第一人稱複數	noi	我們
第二人稱複數	voi	你們
第三人稱複數	loro	他們；她們
敬稱複數	Loro	您們

　　接下來我們就來看看主詞與動詞如何搭配吧！

5.1 三個主要動詞 Essere（是）、Avere（有）、Stare（在；保持）

Essere

　　Essere 的中文為「是」之意，可以表示主詞的狀況、身分、性質、特徵等較靜態的形式。在義大利語的文法當中，依據主詞的人稱與單複數而做適當的變化。

人稱代名詞	主詞	動詞變化
第一人稱單數	io	sono
第二人稱單數	tu	sei
第三人稱單數 敬稱單數	lui、lei Lei	è è
第一人稱複數	noi	siamo
第二人稱複數	voi	siete
第三人稱複數 敬稱複數	loro Loro	sono sono

說說看：

Io sono uno studente.
我是一名學生。

Tu sei Italiano.
你是義大利人。

GIORNO 05
第五天

Lui è a casa.
他在家。

La ragazza è bella.
那個女孩很漂亮。

Noi siamo i maestri.
我們是老師。

Voi siete gli autori.
你們是作者。

Loro sono alte.
她們身材很高。

Avere

　　Avere 的中文為「有」之意，可以表示主詞所擁有的人、事、物，亦是比較靜態的狀況。在義大利語的文法當中，依據主詞的人稱與單複數而做適當的變化。

人稱代名詞	主詞	動詞變化
第一人稱單數	io	ho
第二人稱單數	tu	hai
第三人稱單數 敬稱單數	lui、lei Lei	ha ha
第一人稱複數	noi	abbiamo
第二人稱複數	voi	avete
第三人稱複數 敬稱複數	loro Loro	hanno hanno

說說看：

Io ho un libro.

我有一本書。

Tu hai molti amici.

你有很多朋友。

Lui ha una macchina.

他有一輛汽車。

GIORNO 05

GIORNO 05
第五天

Lei ha venti belle borse.
她擁有二十個漂亮的手提包。

Noi abbiamo molte cose da fare.
我們有很多事情要做。

Voi avete il numero del mio cellulare.
你們有我的行動電話號碼。

Loro hanno le lezioni del Professore Mario.
他們有馬利歐教授的課。

Stare

　　Stare 的中文為「在」、「保持」之意，可以表示主詞處於某種狀態之下，所以經常會用在問候的語句。在義大利語的文法當中，依據主詞的人稱與單複數而做適當的變化。

人稱代名詞	主詞	動詞變化
第一人稱單數	io	sto
第二人稱單數	tu	stai
第三人稱單數 敬稱單數	lui、lei Lei	sta sta
第一人稱複數	noi	stiamo
第二人稱複數	voi	state
第三人稱複數 敬稱複數	loro Loro	stanno stanno

說說看：

Io sto bene.
我很好。

Tu stai a casa.
你（妳）在家。

Lui sta seduto.
他坐著。

GIORNO 05
第五天

Lei sta fuori.

她在外面。

Noi stiamo in attesa.

我們正在等待。

Voi state attenti.

你們要注意。

Loro stanno a scuola.

他們在學校裡。

5.2 反身動詞 Chiamarsi（名叫）

Chiamarsi

　　Chiamarsi 是反身動詞，直譯為「稱呼自己」，專門用來介紹名字，也就是「名叫」的意思，所以只有第一、第二、第三人稱的單數為主詞時會使用，而第一、第二人稱的主詞通常都會省略。

人稱代名詞	主詞	動詞變化
第一人稱單數	io	mi chiamo
第二人稱單數	tu	ti chiami
第三人稱單數 敬稱單數	lui、lei Lei	si chiama si chiama

說說看：

Io mi chiamo Paolo. 或 **Mi chiamo Paolo.**
我名叫保羅。

Tu ti chiami Federica. 或 **Ti chiami Federica.**
妳名叫斐德莉卡。

Lui si chiama Marco.
他名叫馬可。

La signora si chiama Maria.
這位女士名叫瑪麗亞。

GIORNO 05
第五天

5.3 規則的動詞變化：原形動詞的結尾為 are、原形動詞的結尾為 ere、原形動詞的結尾為 ire

原形動詞的結尾為 are

原形動詞：comprare 購買

主詞	動詞變化
io	compro
tu	compri
lui、lei、Lei	compra
noi	compriamo
voi	comprate
loro、Loro	comprano

說說看：

Io compro una pera.
我買了一顆梨子。

Tu compri un libro.
你（妳）買了一本書。

Lui compra una sedia.
他買了一張椅子。

Noi compriamo una casa.
我們買了一間房子。

Voi comprate una macchina.
你們買了一輛車。

Loro comprano la torta.
他們買了那個蛋糕。

★練習一下吧！

原形動詞：**aspettare** 等待

主詞	動詞變化
io	
tu	
lui、lei、Lei	
noi	
voi	
loro、Loro	

GIORNO 05

GIORNO 05
第五天

> 小叮嚀

注意原形動詞結尾為 giare、ciare 之第二人稱單數與第一人稱複數的動詞變化。

原形動詞：mangiare 吃

主詞	動詞變化
io	mangio
tu	mangi
lui、lei、Lei	mangia
noi	mangiamo
voi	mangiate
loro、Loro	mangiano

原形動詞：cominciare 開始

主詞	動詞變化
io	comincio
tu	cominci
lui、lei、Lei	comincia
noi	cominciamo
voi	cominciate
loro、Loro	cominciano

說說看：

Io mangio la pasta.
我吃麵。

Tu mangi una mela.
你（妳）吃一顆蘋果。

Lei comincia a mangiare il pesce.
她開始吃魚。

Noi cominciamo a studiare.
我們開始讀書。

Voi mangiate le ciliegie.
你們吃櫻桃。

Loro mangiano una pizza.
他們吃一塊披薩。

GIORNO 05

GIORNO 05
第五天

★練習一下吧！

原形動詞：noleggiare 租車；租船

主詞	動詞變化
io	
tu	
lui、lei、Lei	
noi	
voi	
loro、Loro	

原形動詞：cacciare 打獵；驅趕

主詞	動詞變化
io	
tu	
lui、lei、Lei	
noi	
voi	
loro、Loro	

原形動詞的結尾為 ere

原形動詞：prendere 拿取；吃；喝；搭乘

主詞	動詞變化
io	prendo
tu	prendi
lui、lei、Lei	prende
noi	prendiamo
voi	prendete
loro、Loro	prendono

說說看：

Io prendo il caffè.
我喝咖啡。

Tu prendi la carne.
你（妳）點肉類。

Lui prende il bus.
他搭巴士。

Noi prendiamo le valigie.
我們拿取行李。

Voi prendete l'ascensore.
你們搭乘電梯。

Loro prendono il treno.
他們搭火車。

GIORNO 05

認識義大利語的動詞 | 135

GIORNO 05
第五天

★ 練習一下吧！

原形動詞：**ved**ere 看見

主詞	動詞變化
io	
tu	
lui、lei、Lei	
noi	
voi	
loro、Loro	

原形動詞：**chiud**ere 關閉

主詞	動詞變化
io	
tu	
lui、lei、Lei	
noi	
voi	
loro、Loro	

原形動詞的結尾為 ire

原形動詞：partire 出發；啟程；前往

主詞	動詞變化
io	parto
tu	parti
lui、lei、Lei	parte
noi	partiamo
voi	partite
loro、Loro	partono

說說看：

Io parto il 29 Gennaio.
我元月二十九日出發。

Tu parti alle tre meno un quarto.
妳（你）兩點四十五分出發。

Lei parte per Roma.
她出發前往羅馬。

Noi partiamo con la macchina.
我們開車前往。

Voi partite oggi.
你們今天出發。

Loro partono da Taipei.
他們出發去台北。

GIORNO 05

GIORNO 05
第五天

★練習一下吧！

原形動詞：aprire 打開

主詞	動詞變化
io	
tu	
lui、lei、Lei	
noi	
voi	
loro、Loro	

原形動詞：coprire 遮蓋

主詞	動詞變化
io	
tu	
lui、lei、Lei	
noi	
voi	
loro、Loro	

MEMO

不可不知的義大利
促成義大利語誕生的詩人之三

喬凡尼‧薄伽丘（Giovanni Boccaccio）

　　1313 年生於翡冷翠的薄伽丘，父親是在巴蒂家族經營的銀行中討生活的商人。薄伽丘年輕的時候，便因父親工作的關係，舉家遷往南部的拿波里，不過薄伽丘卻對銀行的工作興趣索然，反而深受文學的吸引。這位出身富裕的托斯卡尼中產階級置身於安裘王朝的宮廷中，沉浸在上流社會的幸福生活裡。1336 年在拿波里的聖羅倫佐教堂邂逅了國王的私生女，成為他日後作品中性情易變的女主角「小火焰」。1340 年由於巴蒂家族的銀行破產，無憂無慮的年少歲月終告結束，薄伽丘被迫回到家鄉翡冷翠，卻遭逢 1348 年最嚴重的瘟疫侵襲，於是成為他寫出《十日談》的靈感。兩年之後，他認識當時取道此地前往羅馬的佩托拉克，1362 年當他因作品的不道德受到佩托隆尼教士的撻伐之時，在佩托拉克的鼓勵之下，薄伽丘走上古典著作的研究之途，甚至接受翡冷翠政府的委託，在教堂中講授但丁的《神曲》。

　　在翡冷翠經歷最嚴重的瘟疫肆虐期間，七位少女與三位男士在新聖母瑪利亞教堂巧遇，便決定相偕到郊外去躲避，並且約定每個人每天要講一個故事，就這樣在鄉下度過了十天。這一百則故事組成了薄伽丘膾炙人口的《十日談》（Decameron），內容充滿冒險、嘲笑、淫穢，趣味性十足，所以作者自稱是「人的喜劇」，有別於但丁嚴肅又灰暗的《神曲》。這是一部非常歡樂的散文巨作，薄伽丘暗示自己不是教條式的信徒，即使是在最絕望的時候，仍能看見塵世中的幽默、善良與快樂，享受現實世界中的一切，充分展現他人本主義的思想。

Dir pane al pane e vino al vino.

直言不諱。

GIORNO 06
第六天
認識義大利語的常用動詞

6.1　Dovere（必須；應該）、Potere（能夠；可以）、Volere（想要；願意）

6.2　Bere（喝）、Dire（說）、Dare（給）、Fare（做）

6.3　Andare（去）、Venire（來）

GIORNO 06
第六天

Dir pane al pane e vino al vino.
直言不諱。

【前言】

在義大利語中經常會使用到以下這幾個動詞，可是它們的變化是不規則的，因此只好多費點腦力去記了。

6.1 Dovere（必須；應該）、Potere（能夠；可以）、Volere（想要；願意）

Dovere

Dovere 的中文為「必須」、「應該」之意，表示主詞的意願與決心，或是義務與命令。後面經常會跟隨另一個原形動詞，而這個原形動詞是主詞的意願與決心，或是義務與命令要去執行的動作或狀態。

原形動詞：dovere 必須；應該

主詞	動詞變化
io	devo
tu	devi

lui、lei、Lei	deve
noi	dobbiamo
voi	dovete
loro、Loro	devono

說說看：

Io devo andare.
我必須走了。

Tu devi mangiare la frutta.
你應該吃水果。

Lui deve studiare.
他應該要讀書。

Noi dobbiamo prendere il treno.
我們必須搭火車。

Voi dovete dormire.
你們該睡了。

Devono essere le tre.
應該有三點了。

GIORNO 06

GIORNO 06
第六天

Potere

　　Potere 的中文為「能夠」、「可以」之意，表示主詞的能力與意願，或是希望與可能性。後面經常會跟隨另一個原形動詞，而這個原形動詞是主詞的能力、意願、希望、可能性等要去執行的動作或狀態。

原形動詞：potere 能夠；可以

主詞	動詞變化
io	posso
tu	puoi
lui、lei、Lei	può
noi	possiamo
voi	potete
loro、Loro	possono

說說看：

Io posso stare.
我可以待著。

Tu puoi venire.
你可以過來。

Lei può essere da sola.
她能夠獨自一人。

Noi possiamo chiamarla.
我們可以打電話給她。

Voi potete entrare.
你們可以進來。

Loro non possono lavorare.
他們不能工作。

GIORNO 06

GIORNO 06
第六天

Volere

Volere 的中文為「想要」、「願意」之意，表示主詞的慾望與決心，或是要求與決定。後面可以直接加名詞或是跟隨另一個原形動詞，而這個原形動詞是主詞的慾望與決心，或是要求與決定等要去執行的動作或狀態。

原形動詞：volere 想要；願意

主詞	動詞變化
io	voglio
tu	vuoi
lui、lei、Lei	vuole
noi	vogliamo
voi	volete
loro、Loro	vogliono

說說看：

Io voglio prendere un caffè.
我想要喝杯咖啡。

Tu vuoi un gelato.
你要一根冰淇淋。

Lui vuole visitare Roma.
他想去羅馬玩。

Noi vogliamo invitarti alla festa.
我們想邀請你來參加我們的聚會。

Voi volete il giornale.
你們要報紙。

Loro vogliono una bottiglia di vino.
他們要一瓶酒。

GIORNO 06

GIORNO 06
第六天

6.2 Bere（喝）、Dire（說）、Dare（給）、Fare（做）

Bere

　　Bere 的中文為「喝」之意，後面若直接加名詞，則當成 Bere 這個動詞的受詞；也可以加副詞，用來形容 Bere 這個動詞。

原形動詞：bere 喝

主詞	動詞變化
io	bevo
tu	bevi
lui、lei、Lei	beve
noi	beviamo
voi	bevete
loro、Loro	bevono

說說看：

Io bevo il vino.
我喝酒。

Tu bevi tutto d'un fiato.
你一口氣喝光了。

La terra beve la pioggia.
土地吸收雨水。

Beviamoci sopra!
我們去喝點酒，輕鬆一下！

Voi bevete l'acqua.
你們喝水。

Loro bevono a sorsi.
他們小口、小口地喝。

GIORNO
06

GIORNO 06
第六天

Dire

　　Dire 的中文為「說」之意，後面直接加名詞，則為 Dire 這個動詞的直接受詞，直接受詞經常是事情；若名詞之前有介係詞，則此名詞為 Dire 這個動詞的間接受詞，而間接受詞經常是人。

原形動詞：dire 說

主詞	動詞變化
io	dico
tu	dici
lui、lei、Lei	dice
noi	diciamo
voi	dite
loro、Loro	dicono

說說看：

Io dico una cosa a te. 或 **Io ti dico una cosa.**
我告訴你一件事。

Tu che dici?
你怎麼說呢？

Lei mi dice un segreto.
她跟我說了一個祕密。

Noi non glielo diciamo.
我們不告訴他。

Voi ci dite di preparare la cena.
你們叫我們準備晚餐。

Loro non dicono niente!
他們什麼都沒說。

GIORNO 06

GIORNO 06
第六天

Dare

　　Dare 的中文為「給」之意，後面直接加名詞，則為 Dare 這個動詞的直接受詞，直接受詞經常是物品；若名詞之前有介係詞，則此名詞為 Dare 這個動詞的間接受詞，而間接受詞經常是人。

原形動詞：dare 給

主詞	動詞變化
io	do
tu	dai
lui、lei、Lei	dà
noi	diamo
voi	date
loro、Loro	danno

說說看：

Io do la chiave a te. 或 **Io ti do la chiave.**

我把鑰匙給你。

Quanti anni mi dai?

你猜我幾歲？

Lui dà la vita al lavoro.

他把人生獻給工作。

Noi gli diamo un tema su Dante.

我們指定他們寫一篇關於但丁的文章。

Voi date agli amici da mangiare.

你們為朋友準備食物。

Quanto ti danno loro al mese?

他們每個月付你多少錢？

GIORNO 06
第六天

Fare

　　Fare 的中文直譯為「做」之意，不過衍生的意思很多，例如創作、產生、擔任、變成……，必須依據整個句子來解釋。後面直接加名詞，為 Fare 這個動詞的直接受詞，直接受詞經常是物品；若名詞之前有介係詞，則此名詞為 Fare 這個動詞的間接受詞，而間接受詞經常是人。

原形動詞：fare 做

主詞	動詞變化
io	faccio
tu	fai
lui、lei、Lei	fa
noi	facciamo
voi	fate
loro、Loro	fanno

說說看：

Io faccio colazione.
我做早餐。

Tu che fai?
你在做什麼？

Lui fa il soldato.
他當兵。

Noi facciamo un libro.
我們在寫一本書。

Voi ci fate un piacere.
你們令我們很滿意。

Sessanta minuti fanno un'ora.
六十分鐘等於一小時。

GIORNO 06

GIORNO 06
第六天

6.3 Andare（去）、Venire（來）

Andare

　　Andare 的中文為「去」之意，也可以解釋為走、離開，所以帶有動態的成分。後面若跟隨另一個原形動詞或是地方，則兩者之間會加上介係詞 a 或 da。

原形動詞：andare 去

主詞	動詞變化
io	vado
tu	vai
lui、lei、Lei	va
noi	andiamo
voi	andate
loro、Loro	vanno

說說看：

Io vado all'ufficio.
我去辦公室。

Tu vai a Firenze.
你去翡冷翠。

Lei va a lavorare.
她去工作。

Noi andiamo!
我們走了！

Voi dove andate?
你們要去哪裡？

I miei amici vanno bene a scuola.
我朋友學校成績都很好。

GIORNO 06

GIORNO 06
第六天

Venire

　　Venire 的中文為「來」之意，也可以解釋為出身、產生，必須根據整個句子的前後意義來解釋，亦是比較帶有動態成分的動詞。後面若跟隨另一個原形動詞或是地方，則兩者之間會加上介係詞 a 或 da。

原形動詞：venire 來

主詞	動詞變化
io	vengo
tu	vieni
lui、lei、Lei	viene
noi	veniamo
voi	venite
loro、Loro	vengono

說說看：

Io vengo con la macchina.
我開車來。

Tu con chi vieni?
你和誰一起來？

Paolo non viene.
保羅不來。

Noi veniamo!
我們來！

Venite anche voi!
你們也過來嘛！

Loro vengono da Milano.
他們從米蘭過來。

GIORNO 06

不可不知的義大利
義大利人的生活態度之一

　　在一切皆講求快速效率的現代社會，大家會覺得義大利人實在是慢得可以！或許這和他們的價值觀有相當密切的關係。這個民族處理事情經常是一件做完，然後再繼續下一件，因為這樣比較不會出錯。所以在義大利辦事也必須培養耐心，尤其是遇上排隊等候的情況，不過終於輪到你的時候也不必急，他們不會催促你，你可以依據自己的步調把事情處理完。因此事前的預約就變得很重要，尤其是很多知名的餐廳更是如此，義大利人是不講求「翻桌率」的，不管生意再怎麼好，吃飯絕對不能趕！

　　這種「慢工出細活」的態度，使得世人對義大利的工藝趨之若鶩。時尚精品、家具、磁磚……甚至是汽車工業！法拉利、藍寶堅尼、瑪莎雷帝……純手工的打造，讓整部車成為一件極致的藝術品！對「美」的堅持是義大利人的天賦，也是他們對抗現今大量生產趨勢的利器。在某些高度發展的國家紛紛回頭反思「慢活」的意義時，義大利人的生活哲學大概就是最好的典範。不過義大利人這種渾然天成的慢，可不是一般人學得來的。

Amore e tosse non si possono celare.
愛情與咳嗽是無法掩飾的。

GIORNO 07
第七天
開始說義大利語

‧ Presentarsi 彼此介紹
‧ Sentirsi 打電話
‧ Incontrarsi 碰面
‧ Ordinare 點菜
‧ Fare lo shopping 購物
‧ Prendere il treno 搭火車
‧ Chiedere informazioni 請問訊息
‧ Andare alla festa 參加聚會

GIORNO 07
第七天

Amore e tosse non si possono celare.
愛情與咳嗽是無法掩飾的。

【前言】

今天我們要把前面六天學過的單字、動詞與文法全部融合在一起，以對話的方式讓大家瞭解如何把所學運用在日常生活的各個場合中，並在其中穿插 BOX 介紹問候語、介係詞、所有格、問句，讓你一目了然。此外還介紹義大利的咖啡種類與飲食習慣，以增加你對這個民族的文化印象。八個主題的對話全都相關，雖然戛然而止，但有興趣的讀者不妨自行繼續延伸下去，也可當作練習。

Presentarsi 彼此介紹

Giorgio：**Ciao, come stai?**
喬治：嗨，妳好嗎？

Chiara：**Sto bene, e tu?**
奇雅拉：我很好，你好嗎？

Giorgio：**Benissimo, grazie! Eccola, mia mamma.**
喬治：非常好，謝謝！她來了，這是我媽媽。

Chiara：**Buongiorno Signora Rossi!**
奇雅拉：早安，羅希女士！

Signora Rossi：Buongiorno Signorina, come ti chiami?
羅希女士：早安，小姐。怎麼稱呼妳？

Chiara：Mi chiamo Chiara.
奇雅拉：我叫奇雅拉。

Signora Rossi：Di dove sei? (o Da dove vieni?)
羅希女士：妳哪裡人呢？（或者：妳來自哪裡？）

Chiara：Sono di Taipei. (o Sono Taiwanese.)
奇雅拉：我是台北人。（或者：我是台灣人。）

Signora Rossi：Che lavoro fai?
羅希女士：從事什麼工作呢？

Chiara：Sono insegnante.
奇雅拉：我是老師。

Signora Rossi：Brava!
羅希女士：真優秀！

Giorgio：Mamma dobbiamo andare!Chiara ci sentiamo più tardi.
喬治：媽媽，我們得走了！奇雅拉，晚一點我們通電話。

Chiara：Non c'è problema! Arrivederci, Signora.
奇雅拉：沒問題！女士，再見。

Signora Rossi：Alla prossima!
羅希女士：下次見！

GIORNO 07

GIORNO 07
第七天

認識問候語

稱謂	使用時機	義大利語	中文
Signore 先生 Signora 女士 Signorina 小姐	見面時	Buongiorno Buon pomeriggio Buona sera Ciao Salve	早安 午安 晚安 嗨；你好 你好（比較客氣的語氣）
	離別時	Ciao Arrivederci Ci vediamo A presto Alla prossima	再見 再見（比較尊敬的語氣） 再見 很快見面 下次見

Sentirsi 打電話

Giorgio：Pronto, dove sei?
喬治：喂，妳在哪裡？

Chiara：Sono al bar.
奇雅拉：我在咖啡館。

Giorgio：Insieme a chi?
喬治：和誰在一起呢？

Chiara：Sono con gli amici.
奇雅拉：和朋友們。

Giorgio：Vengo anch'io!
喬治：我也去！

認識介係詞

介係詞：介係詞經常會與冠詞結合為一個字

介係詞	定冠詞	兩者結合	中文
a	il i lo gli la l' le	al ai allo agli alla all' alle	在（哪裡）

GIORNO 07

GIORNO 07
第七天

介係詞：介係詞經常會與冠詞結合為一個字

介係詞	定冠詞	兩者結合	中文
da	il i lo gli la l' le	dal dai dallo dagli dalla dall' dalle	從（哪裡）
di	il i lo gli la l' le	del dei dello degli della dell' delle	的（誰）
con	il i lo gli la l' le	col coi con lo con gli con la coll' con le	和（誰）

Incontrarsi 碰面

Giorgio：Che cosa prendi?
喬治：妳想喝什麼？

Chiara：Prendo un caffè, e tu?
奇雅拉：我點一杯咖啡，你呢？

Giorgio： Io voglio un bicchiere d'acqua gasata.
喬治：我要一杯氣泡水。

Marco：Ciao, sono Marco, lei si chiama Valentina.
馬可：你好，我是馬可，她是瓦倫提娜。

Giorgio：Piacere!
喬治：很高興認識你們！

Chiara：Stasera andiamo al ristorante, tu vieni?
奇雅拉：今天晚上我們要去餐廳吃飯，你要一起來嗎？

Giorgio：Volentieri!
喬治：非常樂意！

GIORNO 07
第七天

認識義大利咖啡

咖啡是義大利人日常生活中最不可或缺的飲品，充斥在大街小巷中的咖啡吧總是飄著這股香醇；然而它們的名稱只是反應內容物的比例，並不花俏，像是中文所謂的「瑪奇朵」，就是義大利語的「macchiato」，這個字的意思是「斑點」、也就是「加一點」的意思。

義大利語	咖啡種類
espresso	濃縮咖啡
caffè macchiato	加一點牛奶的咖啡
caffè latte	咖啡與牛奶比例各半
caffè con panna	加鮮奶油的咖啡
caffè americano	美式咖啡
caffè lungo	淡咖啡
caffè decaffeinato	低咖啡因咖啡
caffè freddo	冰咖啡
caffè corretto	加一點烈酒的咖啡
latte macchiato	加一點咖啡的牛奶（我們習慣的「拿鐵」）
cappuccino	加上奶泡的咖啡（俗稱「卡布奇諾」）

Ordinare 點菜

Giorgio:Il menù, per favore!
喬治:請給我們菜單!

Chiara:Io mangio la pasta con un pò di verdura.
奇雅拉:我想吃一盤麵,外加一點蔬菜。

Giorgio:Io invece preferisco il pesce.
喬治:我比較喜歡魚。

Chiara:Prendiamo una bottiglia di vino bianco, va bene?
奇雅拉:我們點一瓶白酒,好嗎?

Giorgio:Perfetto!
喬治:很好!

認識義大利飲食

義大利人的飲食習慣是按照順序來:前菜、第一道、第二道加旁菜,最後是甜點,因為沒有湯,所以葡萄酒與水就變成餐桌上不可少的飲料;當然也可以只點其中幾道,若胃口不大時就不必從頭吃到尾,只是上菜時還是會依照順序,而且義大利人經常會以一杯濃縮咖啡作結尾。

種類	內容與舉例
antipasto	前菜:以冷盤居多 antipasti misti:綜合前菜,或許是切薄片的醃肉、火腿、香腸與各類乳酪的拼盤。 bruschette:烤硬的麵包片上面加新鮮番茄、橄欖醬或打碎的雞肝。

GIORNO 07
第七天

種類	內容與舉例
primo	第一道：以麵食類為主 spaghetti：最常見的通心麵，加上各種醬汁調味。 pasta fatta a mano：手工麵 risotto：燉飯
secondo	第二道：高蛋白食物 carne：肉類，包括牛肉、羊肉、豬肉與味道較淡的雞肉、兔肉。 pesce：魚類，可以是油炸或烹煮的綜合海鮮，或是單純的魚種。 formaggio：各式的牛、羊乳酪，也可以做成焗烤口味，非常適合冬天食用。
contorno	旁菜：蔬菜類為主，搭配第二道 insalata：生菜沙拉 patate：馬鈴薯，可烤可炸。
dolce	甜點：中和一下之前的鹹味 tiramisù：最典型的義大利甜點 panna cotta：熟奶酪 gelato：冰淇淋
bevanda	飲料：搭配食物 acqua gasata(acqua frizzante)：氣泡水 acqua naturale：礦泉水 vino bianco：白酒 vino rosso：紅酒

Fare lo shopping 購物

Chiara：**Quanto costa** questa camicia?
奇雅拉：這件襯衫多少錢？

Il commesso：Sessanta euro, Signora.
店員：六十歐元，女士。

Chiara：C'è la misura più grande?
奇雅拉：有大一點尺寸的嗎？

Il commesso：Si, gliela porto subito.
店員：有，我馬上拿給您。

Chiara：Posso provare?
奇雅拉：可以試穿嗎？

Il commesso：Certo, prego!
店員：當然，請！

Chiara：Voi avete le cravatte?
奇雅拉：有賣領帶嗎？

Il commesso：Si, di là.
店員：有，在那邊。

Chiara：Prendo questa, e il prezzo?
奇雅拉：我要這一條，請問價格是多少？

GIORNO 07

GIORNO 07
第七天

Il commesso：**Glielo dico subito. Sono novanta euro.**
店員：馬上告訴您。售價是九十歐元。

Chiara：**Bene, compro anche questa.**
奇雅拉：好，我買這條領帶。

Il commesso：**È per Lei o un regalo?**
店員：您自己用、還是要送人？

Chiara：**È un regalo, per favore me lo incarti.**
奇雅拉：要送人，請幫我包裝。

Prendere il treno 搭火車

Chiara：**Oggi devo andare a Firenze.**
奇雅拉：今天我必須前往翡冷翠。

Giorgio：**Oggi che giorno è?**
喬治：今天是星期幾？

Chiara：**È lunedì.**
奇雅拉：星期一。

Chiara：**Io e mia sorella prendiamo il treno alle ore 14:00.**
奇雅拉：我和我妹妹搭十四點鐘的火車。

Giorgio：**Ah... C'è anche tua sorella...**
喬治：妳妹妹也去？

Chiara：**Si, vogliamo visitare la mia città.**
奇雅拉：對，一起去拜訪我的城市。

Giorgio：**Brava, ma adesso che ore sono?**
喬治：很好，現在是幾點了？

Chiara：**Sono le ore tredici e trenta minuti.**
奇雅拉：十三點三十分。

Giorgio：**Ma quando tornate?**
喬治：妳們什麼時候回來？

Chiara：**Venerdì.**
奇雅拉：星期五。

Giorgio：**Allora ci vediamo il venerdì a casa mia.**
喬治：那麼我們星期五見，到我家。

GIORNO 07

GIORNO 07
第七天

Chiara：Perchè a casa tua?
奇雅拉：為何要到你家？

Giorgio：Un segreto, ciao!
喬治：祕密，再見！

認識所有格

	所有格（單數）			所有格（複數）	
il	mio tuo suo Suo nostro vostro loro	libro gatto fratello	i	miei tuoi suoi Suoi nostri vostri loro	libri gatti fratelli
la	mia tua sua Sua nostra vostra loro	macchina amica sorella	le	mie tue sue Sue nostre vostre loro	macchine amiche sorelle

須注意：單數的家庭成員在所有格之前不加冠詞，複數時才加。
例如：mio padre
　　　mia madre
　　　mio zio → i miei zii
　　　mia zia → le mie zie
　　　mio figlio → i miei figli
　　　mia figlia → le mie figlie

Chiedere informazioni 請問訊息

Chiara：**Scusi Signore, come si va alla stazione?**
奇雅拉：抱歉，先生，請問怎麼去火車站？

Un signore：**Sempre diritto.**
路人：直直走。

Chiara：**Dobbiamo comprare i biglietti prima. Dov'è la biglietteria?**
奇雅拉：我們必須先買票。售票口在哪裡呢？

Un signore：**Di là!**
路人：那裡！

Chiara：**Due biglietti per Firenze, per favore.**
奇雅拉：請給我們兩張到翡冷翠的車票。

Chiara：**A che ora parte il treno?**
奇雅拉：火車幾點開？

Il bigliettaio：**Alle ore quattordici.**
售票員：十四點。

Chiara：**Grazie!**
奇雅拉：謝謝！

Il bigliettaio：**Prego!**
售票員：不客氣！

GIORNO 07

開始說義大利語 | 175

GIORNO 07
第七天

認識問句

副詞	動詞	主詞	中文
Dove 哪裡	è sono	Laura io o loro	勞拉在哪裡？ 我（或他們）在哪裡？
Chi 哪位	è sono	lui o lei loro	他（或她）是哪位？ 他們是誰？
Che 哪個	fai volete	(tu) (voi)	你（或妳）要做什麼？ 你們要做什麼？
Come 怎麼	stai sta	(tu) lui o lei	你（或妳）好嗎？ 他（或她）好嗎？
Quanto 多少	costa costano	la cravatta le camicie	這條領帶多少錢？ 這些襯衫多少錢？
Quando 何時	torni vanno	(tu) (loro)	你（或妳）何時回來？ 他們何時離開？

Andare alla festa 參加聚會

Giorgio：**Chi è?**
喬治：哪位？

Chiara：**Sono Chiara, apri la porta!**
奇雅拉：我是奇雅拉,請開門!

Chiara：**Buon compleanno!**
奇雅拉:生日快樂!

Giorgio：**Ti sei ricordata?**
喬治:妳記得?

Chiara：**Si, certamente！Ti ho anche preparato un regalo.**
奇雅拉:當然!我還為你準備了禮物。

Giorgio：**Grazie mille, anch'io voglio farti una sorpresa...**
　　　　　Ragazzi, vi presento la mia fidanzata!
喬治:太感謝了,我也要給妳一個驚喜……各位,我為你們介紹我的未婚妻!

Chiara：**……**
奇雅拉:……

GIORNO 07

不可不知的義大利
義大利人的生活態度之二

「簡單」或許也是義大利美食吸引世人的特點之一，就拿大家耳熟能詳的翡冷翠大牛排為例，只灑鹽炭烤，不加其他的醬汁調味，因此食材的新鮮程度就得講究。而義大利人的早餐也很簡單，一個可頌麵包加一杯咖啡；假日生活也很簡單，拜訪朋友、到市區散散步、吃根冰淇淋、在廣場上坐著曬太陽、邀幾名同好去踢球……接觸大自然與好動，讓義大利人成為快樂的民族。

葡萄酒也是不可或缺的生活元素，就像人會呼吸一樣，無須繁文縟節來強調它、歌頌它、提高它的身價，因為它也只是組成一頓餐食的部分而已。很多義大利人擁有自己的葡萄園，採收葡萄後釀造自家飲用的酒，每到晚餐時就到地窖打一壺上來，雖然沒有嚴格的產地品質保證，也沒有限定橡木桶中的熟成年份，但用餐的歡樂氣氛一樣不打折扣。

義大利人經常會說：「不要違反自然！」而這個民族也把這條理論真實地反映在他們的生活態度上。也許世人會覺得這是一種不負責任的藉口，但就是因為這份特別的「不羈」，使得義大利人在設計方面能夠毫無顧忌地自由揮灑；這股天生的「豪放」，雕刻出義大利人非常鮮明的個性。不理會他人的嘲笑，對自身的傳統堅定不移，因為「簡單」就能戰勝一切。

Appendice
附錄

練習一下吧！
解答

解答

GIORNO 04 第四天

4.1 名詞的陰陽性與單複數

★練習一下吧！請判斷名詞的陰陽性，並將其改成複數。

單數名詞	陽性複數	陰性複數
piatto 盤子	piatti	
cucchiaio 湯匙	cucchiai	
forchetta 叉子		forchette
coltello 刀	coltelli	
tazza 咖啡杯；茶杯		tazze
bicchiere 玻璃杯	bicchieri	
calice 高腳杯	calici	
libro 書本	libri	
sedia 椅子		sedie
tavolo 桌子	tavoli	
telefono 電話	telefoni	
cellulare 手機	cellulari	

4.2 形容詞的陰陽性與單複數

★練習一下吧！請把單數形容詞改成複數。

陽性	陰性	中文
lungo → lunghi	lunga → lunghe	長的；遠的
corto → corti	corta → corte	短的；近的
grosso → grossi	grossa → grosse	胖的；粗的

magro → magri	magra → magre	瘦的；細的
contento → contenti	contenta → contente	高興的
triste → tristi	triste → tristi	悲傷的
bene → beni	bene → beni	好的
male → mali	male → mali	壞的
giusto → giusti	giusta → giuste	正確的
falso → falsi	falsa → false	錯誤的
rosso → rossi	rossa → rosse	紅的
bianco → bianchi	bianca → bianche	白的

4.4 試著把冠詞、形容詞、名詞組合起來

★ 練習一下吧！

冠詞	形容詞	名詞	中文
il	carino	gatto	這隻可愛的小貓（陽、單）
un	carino	gatto	一隻可愛的小貓（陽、單）
la	carina	gatta	這隻可愛的小貓（陰、單）
una	carina	gatta	一隻可愛的小貓（陰、單）
i	carini	gatti	這些可愛的小貓（陽、複）
(dei)	carini	gatti	一群可愛的小貓（陽、複）
le	carine	gatte	這些可愛的小貓（陰、複）
(delle)	carine	gatte	一群可愛的小貓（陰、複）

解答

GIORNO 05 第五天

5.3 規則的動詞變化

★練習一下吧！原形動詞：**aspettare** 等待

主詞	動詞變化
io	aspetto
tu	aspetti
lui、lei、Lei	aspetta
noi	aspettiamo
voi	aspettate
loro、Loro	aspettano

★練習一下吧！原形動詞：**noleggiare** 租車；租船

主詞	動詞變化
io	noleggio
tu	noleggi
lui、lei、Lei	noleggia
noi	noleggiamo
voi	noleggiate
loro、Loro	noleggiano

★練習一下吧！原形動詞：**cacciare** 打獵；驅趕

主詞	動詞變化
io	caccio
tu	cacci
lui、lei、Lei	caccia
noi	cacciamo
voi	cacciate
loro、Loro	cacciano

★練習一下吧！原形動詞：**vedere** 看見

主詞	動詞變化
io	vedo
tu	vedi
lui、lei、Lei	vede
noi	vediamo
voi	vedete
loro、Loro	vedono

APPENDICE

解答

★練習一下吧！原形動詞：chiud**ere** 關閉

主詞	動詞變化
io	chiudo
tu	chiudi
lui、lei、Lei	chiude
noi	chiudiamo
voi	chiudete
loro、Loro	chiudono

★練習一下吧！原形動詞：apr**ire** 打開

主詞	動詞變化
io	apro
tu	apri
lui、lei、Lei	apre
noi	apriamo
voi	aprite
loro、Loro	aprono

★練習一下吧！原形動詞：**copr**ire 遮蓋

主詞	動詞變化
io	copro
tu	copri
lui、lei、Lei	copre
noi	copriamo
voi	coprite
loro、Loro	coprono

國家圖書館出版品預行編目資料

信不信由你，一週開口說義大利語！ 新版 /
林玉緒著
-- 二版-- 臺北市：瑞蘭國際, 2025.05
192面；17×23公分 --（繽紛外語系列；145）
ISBN：978-626-7629-39-0（平裝）
1. CST：義大利語 2. CST：會話
804.68　　　　　　　　　　　　　　114005420

繽紛外語系列 145

信不信由你，
一週開口說義大利語！新版

作者｜林玉緒
責任編輯｜葉仲芸、王愿琦
校對｜林玉緒、葉仲芸、王愿琦、Giancarlo Zecchino 江書宏

義大利語錄音｜Giancarlo Zecchino 江書宏、Maria Cristina Dimilia 可蘭
錄音室｜純粹錄音後製有限公司
封面設計｜劉麗雪、陳如琪・版型設計、內文排版｜劉麗雪

瑞蘭國際出版

董事長｜張暖彗・社長兼總編輯｜王愿琦
編輯部
副總編輯｜葉仲芸・主編｜潘治婷・文字編輯｜劉欣平
設計部主任｜陳如琪
業務部
經理｜楊米琪・主任｜林湲洵・組長｜張毓庭

出版社｜瑞蘭國際有限公司・地址｜台北市大安區安和路一段 104 號 7 樓之 1
電話｜(02)2700-4625・傳真｜(02)2700-4622・訂購專線｜(02)2700-4625
劃撥帳號｜19914152 瑞蘭國際有限公司
瑞蘭國際網路書城｜www.genki-japan.com.tw

法律顧問｜海灣國際法律事務所　呂錦峯律師

總經銷｜聯合發行股份有限公司・電話｜(02)2917-8022、2917-8042
傳真｜(02)2915-6275、2915-7212・印刷｜科億印刷股份有限公司
出版日期｜2025 年 05 月初版 1 刷・定價｜480 元・ISBN｜978-626-7629-39-0

◎版權所有・翻印必究
◎本書如有缺頁、破損、裝訂錯誤，請寄回本公司更換

PRINTED WITH SOY INK　本書採用環保大豆油墨印製

瑞蘭國際

瑞蘭國際

瑞蘭國際

瑞蘭國際